藍晶詩集

心窗掠影

自序　平淡樂趣長

　　轉眼，旅居美國已四十多年了。這段漫長歲月，不離不棄的是中文寫作。好像離故鄉愈久遠，愈將中文抓得緊牢，像是當成舒心的依靠。在這洋語番邦，若無華韻，則過盡千帆皆不是了。

　　感謝過去能年年回台探親、購物、訪友、晤舊。怎會料到今年竟天地變色，疫災橫行，雲時歸不得也，只能隔空興嘆！倒是欣喜於合作多年的秀威公司仍然持續在運作，讓我還有機會呈現這五年來又累積了162首小詩的《心窗掠影》：

　　窗外幾度春？
　　　浮光掠影去難尋
　　　　只餘詩語溫

　　感謝林世玲主編繼去年底為我出版散文集《來日綺窗前》後，願意再度承接策畫。上次的詩集經歷了慈母的往生，這回則經歷了外子的過世。人生有無窮的一關關，難能平順。但「曲徑」可「通幽」，「柳岸」會「花明」，

而淡泊情懷自能領會日常生活中諸多細微的樂趣吧？願有投緣的讀者共享之。

藍晶　2020年秋
於亞特蘭大

目次

自然篇

人文篇

一枚藍綠——海倫城的邂逅

七月艷陽天
我們來到藍嶺邊　一個
打扮成德國風的樂園
處處屋頂尖
馬車踩出古典
遊客歡聲連連
城邊溪河潺潺
五彩圓筏笑語喧

暢享德式午餐　出來閒蕩
處處繽紛小店　亮眼琳瑯
隨意逛入一家
擺滿的玻璃櫃中
閃出一枚藍綠
交疊出發亮的貝影
像透了　我穿入店中的
那襲泰絲藍綠——
大家慫恿著：

買啊！買啊！

而凝成這段奇妙遇合

在這難忘的盛夏山遊

（7/13/2017）

* 感謝好友姚芳莎於7/11抽空帶我和女兒北
上，領略小城風情，還讓我買到一條精美
項鍊。

五言詩

饱蘊珠光顏
寥寥撼心弦
由來情境美
五言勝七言

（11/28/2015）

* 翻開唐詩，有五言、七言，有古詩、格律詩，詩作繽紛，美不勝收。在諸多佳作中，我獨愛五言詩，尤其是五絕，區區20個字要傳達作者的感情，鋪陳敘述的意境，沒有七言那般較寬闊的迴旋空間，得有多大的文學張力啊！實非易事。五言詩因每句字少，每字得精挑細選而出，然其含斂間飽蘊的情境，反而來得額外美，額外動人。諸如：「感時花濺淚，恨別鳥驚心」、「一聲何滿子，雙淚落君前」、「望君煙水闊，揮手淚沾巾」、「長安一片月，萬戶擣衣聲」、「野曠天低樹，江清月近人」、「千山鳥飛絕、萬徑人蹤滅」、「海上生明月，天涯共此時」、「長歌迎松風，曲盡河星稀」等等；又如田園詩人孟浩然的「松月夜窗虛」、邊塞詩人王昌齡的「水寒風似刀」、詩仙李白的「坐愁紅顏老」、五言長城劉長卿的「荷笠帶斜陽」、詩聖杜甫的「月湧大江流」、元和體詩人白居易的「遠芳侵古道」、中唐柳宗元的「長歌楚天碧」、晚唐杜牧的「寒燈思舊事」等等都是順手拈來的佳句，其餘的美詩好句，自然多得不勝枚舉。美的表達，竟然無須滔滔，只是寥寥。

人生小語

少年，茫然
青年，惑然
中年，熾然
老年，因湛然，而淡然、怡然。

（3/5/2014）

依歸

文理法商醫農工
各展風華道不同
歷盡謀生奔疲後
常尋冷門做歸宗

（10/26/2015）

* 在這科技掛帥的商業社會，雖說行行出狀
元，但若主修的是文學或哲學，仍難能覓
職。然不少在職場上叱吒風雲的科技人士
在退休後，倒會更為積極地去尋覓文學、
藝術的美與哲學、宗教的安。有位已退休
的土木工程教授曾說，他的床頭書是唐詩
與《聖經》，不難理解文學與宗教是大多
數人的心靈歸屬。沒有一門學問是會徹底
被冷落的。

偕歡

伉儷遊東瀛

芳櫻滿仙境

悠悠蔡琴曲

最後一夜情

（3/30/2017）

* 日前收到外子高中也是大學同窗林彥男兄
  寄來數批與夫人遊日本的照片和錄影。有
  靖國神社的櫻花、靜岡縣伊東市的暖香
  園、輕井澤的商店街，看來是相當悅目怡
  情的愜意旅遊。還有夫人穿紫色和服在
  暖香園內演唱蔡琴名曲〈最後一夜〉的錄
  影，使我一時回到四十多年前收看台視
  《群星會》的時光。

元白情

──重溫白居易〈與元微之書〉有感

微之微之勤呼喚

九江謫翁摯情長

「垂死病中驚坐起」

文心相惜千古傳

（6/3/2015）

* 以〈長恨歌〉聞名的中唐詩人白居易在
貶居江州時，與生平至交、也被下放的
元稹，千里書信往返，摯情流盪。高中
時代，對此信中提到的元詩：「殘燈無焰
影幢幢，此夕聞君謫九江；垂死病中驚坐
起，暗風吹雨入寒窗。」印象深刻，患難
中的彼此相惜，淒切感人！當初白樂天在
廬山草堂「山窗下，信手把筆，隨意亂
書」之際，可曾想到千餘年後，仍有無數
讀者在唏噓拜賞？

入春兩首

‧春回

晨鳥悅春來
嘰啾入窗台
夜來溫潤雨
花樹嫣然開

（3/12/2015）

* 漫漫嚴冬有時盡，總算盼到了春天，開始
  享受六、七十度的溫和。今晨，窗外鳥語
  先來報春。外出漫步，溫潮中，驚見斜坡
  上一棵淡粉花樹，開得滿滿，可不是春
  來了？

‧悵失

佳人留佳文
娓娓成永恆
半夜瀟瀟雨
今春少一人

（3/19/2015）

＊ 昨晚享讀了許月芳女士轉來唐姐去年在88
　網上貼出的多篇佳文，除了已成名文的
　〈風情萬種〉及首篇〈桂花樹的風采〉
　外，發現接續地還有〈風情何止萬種〉、
　〈古池塘〉、〈古道照今顏〉、〈莫讓花
　落人斷腸〉等等佳作，總算再度接觸到她
　久違的文筆；其坦承親和、流暢有味，如
　是香醇圓熟，不減當年，那份娓娓道來的
　魅力，怎不風靡無數88樓中的才子才女？
　夜半雨聲淅瀝，想起這個春天，已失去一
　位惜花愛花人，一位滿懷風雅、暢語淋
　漓、如長姊般關愛著我的文壇摯友，怎不
　悵然神傷……

兩面

提到德國
你會聯想到希特勒
還是巴哈、韓德爾、海頓、貝多芬、
舒曼、華格納和布拉姆斯？
提到日本
你會聯想到八年侵華
還是京都的優雅、庭園神社、
櫻花、茶道和感人的整潔禮貌？
沒有一個國家民族　完美無疵
何況渺小的你我個人？
唯有完美修行者
已修成只有一面
是一面無比圓滿的圓
迎著四面八方的宇宙
燦然如一顆恆星

（4/2/2015）

*　觀賞YouTube「德國製造」引發的感懷。

冰慧

如一枚文文靜靜的月兒
柔柔穿梭在五十年代的杜鵑花城

當椰林大道仍是碎石子路
當新生南路仍綴著瑠公圳的柳絲
當校門前的羅斯福路仍是成片田畝
妳這朵中文系的芙蓉，引來多少注目？

古典的文學院，有過多少妳的倩影進出？
院內的前廳階梯，有過多少妳的細腰敞裙飄拂出入？
四號研究室窗外的中庭老樹，吸取了妳多少青春往事？

出生於黃浦江畔，說得流暢日語
回到寶島故鄉，才孜孜學習漢語
不負聰慧加努力，從北二女躍入最高學府
精研六朝詩人謝靈運，震驚香港徐訏
遊學京都，增廣見聞，京韻裊繞添文思
埋首五年餘，深品紫式部的綺旎

妳以苦學的中文譯出了《源氏物語》！
而妳　依舊含斂清雅
如京都之月

（9/11/2018）

* 從〈林文月精選集〉中引發的……

凝情二首

・落空

險葬黃河脫如風
疾馳快馬盼重逢
豈知天地已逆轉
心愛佳人要回宮

・送妃

合婚庚帖字猶在
勞瘁趕回屈滿懷
痛徹肺腑冊封路
悽見華冠宮門開

（8/13/2018）

＊ 從來沒遇過一部古裝連續劇像《後宮甄嬛
傳》那般持久引人，魅力長存。即便是
《紅樓夢》看過兩遍也就拋開了，唯有甄
劇中那諸多動魄的情節讓人難以忘懷。
劇中除了雍正皇和一大群爭風吃醋的鶯
鶯燕燕外，最為英挺清俊、允文允武又
善良專情的就屬十七王爺果郡王了，他
應是最得眾緣，廣受喜愛的人物。劇迷們
最為他叫屈的必是那段他從遇難的黃河中
奮游上岸，快馬加鞭，不分晝夜趕回凌雲
峰（他與甄嬛的兩情相悅地）時，震驚而
痛苦地發現他的「嬛兒」已聽信一直私戀
著她的溫太醫之言，以為他葬身黃河，為
了腹中胎兒及流放寧古塔的父母著想，處
心積慮地安排了回宮之路。甄嬛萬萬沒料
到她的心上人竟能生還，而她身邊已沒有
了他的位置，淒酸不已又萬般無奈，她無
法欺君，已再無回頭路了。果郡王前往滇
藏前曾癡情擬出的合婚庚帖，霎時成了破
滅的夢。更淒酸的是，皇兄竟指派他當冊
封使，前往凌雲峰附近的甘露寺去迎接熹
妃（甄嬛新封號）回宮。她戴著沉重輝煌
的華冠，濃妝盛服，在表情凝重、心已麻
木的冊封使果郡王護駕中，再度步入那明
爭暗鬥、算計交纏的後宮。果郡王的「妻
子」猶如鏡花水月，一場春夢。在封建社
會的皇權下，真情也得被扼殺啊！雖說此
劇來自小說，諸多情節不過是虛構，然真
實人生難道沒有曲折嗎？

博識

——《從山海經到地球村》聆後感

古今縱橫談

東西各見長

朱師宏觀論

中外情同當

（5/21/2018）

＊ 上回因雪困而取消的朱琦教授演講，終於在這和煦五月天得以補償。這場彷如亞城藝文界的久旱甘霖，由到場之踴躍，見證了僑胞對歷史人文的興致關懷。出身北大、正值英年的朱教授，曾在加州灣區等地，以無數精彩的文學講座，掀起文學旋風。近年來，他常帶領學生行萬里路，去實地感觸世界各大文明古地的輝煌與滄桑。在人類通訊科技正快速便捷化的今天，他覺得各種族間的歧視隔閡正被「開放與融合」的浪潮衝破淹沒，超越家國意識的「地球村情懷」正將脫穎而出，願能終止人類愚蠢的互相殺伐。我們同是地球人，原應禍福與共，患難同當啊！
額外感謝世界日報的主辦和諸多社團的協辦，使亞城僑界，更添文采！

古情

芊月開播萬人狂
秦風楚韻瞬間揚
天災人禍蜂擁起
古典旖旎伴異鄉

（12/9/2018）

＊ 自從樂視網LETV於2015年11月間繼《後
宮甄嬛傳》後，推出了秦宣太后的故事
《羋月傳》，讓兩岸三地，甚至全世界的
華人，都能分享到鄭曉龍導演和全體工作
人員歷經三年心血演繹出的古裝大劇，使
華人重窺二千三百多年前戰國末期的各國
政局與風土人情，拉近了我們與歷史的距
離。楚國的精緻豐饒，楚國的屈子、黃
歇；秦國的樸厚峻法，秦國的秦惠文王、
庸芮、張儀……百家爭鳴的四方館；魏國
的美人，燕國的冰天雪地，趙國的藺相如
與和氏璧……數不清的河山動盪、人事交
纏，多少引人的軼事，讓今日的劇作家尋
覓發揮。羋月（原為楚國公主，陪嫁到秦
國；羋為楚國大姓，音「米」）這位曾攝
政長達41年，並使秦國疆域加倍擴展的史
上首位太后，其罕見的魄力，總算沒有在
歷史長河中湮沒。在天災人禍愈演愈烈的
今天，古劇的旖旎，倒成了異鄉生活溫馨
的調劑。

天智

多麼久遠的深邃
多麼睿智的凝語
多麼犀利的透視
偉哉！老子的哲思

（10/20/2018）

* 憶起那段與高優鍔君在電郵上暢意淋漓地
  討論《道德經》的往事。

崇仰

如是我聞

鳩摩羅什　妙引漢文　釋佛語

信受奉行

博大精深　巧入華夏　結奇葩

（9/20/2018）

* 古今中外歷史上，再沒有像前秦符堅那樣，為了攬取一位秉賦卓絕的法師，竟動員七萬大軍前往西域，還消滅一個國家⋯⋯鳩摩羅什那超凡的神才果真慧照了中華大地，使35部艱深的梵語佛經能高妙精湛地漢化，讓華人能「深解義趣，涕淚悲泣」。奇哉！偉哉！

念才——觀《蘇東坡》後有感

千古圓缺東坡淚
迴腸盪氣子瞻情
瑤臺花影何能免？
瀟灑竹風沁人心

（2/15/2020）

* 第三句典自蘇軾暗諷朝廷小人的〈花影〉
  詩：重重疊疊上瑤臺，幾度呼童掃不開；
  剛被太陽收拾去，卻教明月送將來。
* 最近陸續收看了央視製作的44集《蘇東
  坡》，除了欽仰其曠世奇才，詩書畫各方
  面的揮灑卓絕外，尤讚嘆其光明磊落、大
  公無私、愛國愛民的坦蕩胸襟與圓融練
  達、隨遇而安的人生智慧，唏噓其屢遭構
  陷的仕途坎坷。當初穿梭朝廷的營營小
  人，而今安在哉？唯有蘇學士的氣節長
  存。「大江東去」、「千里孤魂，無處話
  淒涼」、蘇堤春曉、三潭印月……都是東
  坡情。

思古——讀〈岳陽樓記〉有感

今人何曾見古人？
古人豪邁至今存
山河變色字易體
澎湃氣節今猶溫

（7/11/2014）

悼思

——*3/25/2016探訪飄的故鄉Jonesboro*

南城好風光

當年交戰場

多少青壯士

魂牽萬古長

（3/28/2016）

* 來到亞城二十多年了，最近才有個機緣南
  下克雷頓郡，蜻蜓點水地見識了一些南北
  內戰的遺跡。以南北戰爭和戰後重建為架
  構的世界名著《飄》和將其形象化、音樂
  化的著名電影《亂世佳人》也合併織入了
  這懷史之旅。
  三月下旬一個風光明媚的清晨，來到此郡
  名城Jonesboro，先去參觀了「塔拉之路」
  博物館。主要是陳列《亂世佳人》中的服
  飾、道具、海報等等，算是《飄》的絢麗
  面。重頭戲是出來後，坐上飄著亂世佳人
  音樂的小巴，實地在瓊城（Jonesboro）
  內穿梭，這才點滴地感受到一百五十多年
  前在此地「上演」的那場關鍵性的血戰。
  在此北軍扭斷了直達亞城的鐵軌，在此
  南軍全軍覆沒，使對方長驅直入，使亞

城淪陷，使喬州癱瘓，任北軍一路蹂躪到海港莎瓦娜……我們經過了看來安寧的洋廈庭園The Warren House，當初卻是Battle of Jonesboro 的主戰場；我們探眼Holliday Office Building，而當年Holliday先生曾投効南軍，飄的作者以其女兒的典範來塑造美蘭妮；我們來到Clayton County Courthouse，飄的作者在進行寫作時，曾多次來此蒐集研究當地的軼聞事蹟；我們路過Stately Oaks Plantation，瓊城血戰時，北軍曾在此駐紮……我們遊逛了Ashley Oaks Mansion中的美麗庭園，看到已乾涸的噴水池，舊石雕，雕花白欄杆間，倒開滿了粉紅的杜鵑，曾被視為瓊城最優雅的庭園。最難忘的是前往Patrick Cleburne Memorial Cemetery，掩埋了上千名在血戰中犧牲的英雄。入內，無數的石碑齊整地大片羅列，有名字的、沒名字的，都寂靜地安息在盛開的白花樹下。多少無辜的生命，都驟然結束在1964年8月31日到9月1日間。殺伐聲早已遠遁，親友的哀慟情也已如煙，只是這些年輕的生靈啊！許是恆久牽縈在人間。

感謝好友姚芳莎雅與約我南遊，去兜些思古幽情。

惜情

你心疼我的痛失
憐惜我的勇氣
不捨我的壓抑
電話中
你哽咽……
幾乎啜泣
卻原來
一年年的
細密耕耘
已織出
如是深厚的情誼
綿長依依

（2/7/2017）

* 感念《亞特蘭大新聞》許月芳女士慰問。

慰

悵聞諸友罹病苦
祝願度脫享餘福
人事順逆如平仄
焉得美詩不起伏？

（8/27/2015）

憂寶

炎黃子孫在台灣
倒行逆施自張狂
祭姪文稿千年寶
出展東瀛為哪樁？

（3/4/2019）

* 繼修改課綱、拔管案等事件惹起諸多「書
生」反感後，當局竟做出了史無前例的千
年書法渡海出展，使珍愛故宮文物者譁
然。顏真卿的墨寶在過去多番動盪中能存
留至今，已甚為不易，而竟讓其在風燭
殘年拋頭露面，與褚遂良、懷素等作品一
起遠送東瀛投日所好，去換取並無把握的
「政治交情」。對於傳統文物除了控制，
已無愛心，能不讓人憂心？

憾

傅園杜鵑嬌如海
年復一年育英才
豈料忽來官風暴
驚芳泣血椰林哀

（8/29/2018）

* 近接外文系學姊在北加州Santa Clara參與
　「台大椰林園遊會」活動，並出席至今
　未能上任校長的管中閔先生演講有感。

懷史

滔滔長江千古愁

動盪坎坷名詩多

歷代興衰無數恨

獨鍾貞觀立楷模

（11/26/2015）

* 大學同窗在感恩節前日送來一整套CCTV
製作的《唐之韻》YouTubes，主要是對唐
詩創作演變的詮釋與推崇。初唐雖綿延近
一百年，然詩作不多，除了「初唐四傑」
欲掃除宮廷詩風外，成就不大。倒是唐玄
宗即位後的盛唐開始，詩仙、詩聖相繼而
來，李白的奔放浪漫，杜甫的國仇家恨，
中唐韓愈的峻奇，白居易的平易，晚唐李
商隱的蕭瑟淒麗……使唐詩豐饒璀璨，多
采多姿，成了史上少有的詩歌輝煌時代。
好像愈是戰亂顛沛流離，名句愈多：陳子
昂被武則天降職，登幽州台，而有「前無
古人，後無來者，念天地之悠悠，獨愴然
而泣下」的磅礴嘆息；杜甫因安史之亂
而有「感時花濺淚，恨別鳥驚心」之句；
到了晚唐，已是大唐盛世的下坡路，而有
李商隱的「夕陽無限好，只是近黃昏」。
總觀唐朝共有詩人3,600多位，詩作5萬5
千多首，可謂販夫走卒皆能詩，成為後代
的典範。雖說逆境造就名詩，然最令後人
景仰的應是初唐李世民在位23年間開創的
「貞觀之治」，其包納各族裔的廣大幅
員，生產富饒，百姓安居樂業，除了開拓
邊疆，國內無有戰事，皇上英明，無有文
字獄，藝術詩風盛行，為日後大唐奠定了
百餘年的昇平景象，多美好的根基啊！
反觀目前歐美各國，時時提防，處處戒
備，為了反恐，風聲鶴唳，草木皆兵，公
共場合，危機四伏。平民百姓在經濟不景
氣中，居然連個心也不能安，真是無限
浩歎！

挫——回顧王安石

叱咤革新惱舊友
殫精竭慮非議多
春風又綠江南岸*
雄志烟消詩意柔

（4/16/2020）

* 王安石〈泊船瓜洲〉詩中名句。
北宋神宗時代的「王安石變法」曾在當時
的政壇掀起大騷動，也是歷史上難以抹滅
的大事。就事論事，王安石上呈的變法概
要〈萬言書〉中肯精闢，除了是篇極佳的
文章外，也確實點中了積弊百年的北宋政
壇。可惜他未能權衡政情與民心，推行過
猛，又聽不進摯友司馬光、歐陽修、蘇
軾等的直言力諫，加上所用非人，如呂惠
卿等維護私利、心胸窄隘之輩，雖一時豐
足國庫，然民怨沸騰，天災踵至，皇上動
搖，導致變法大業難以順暢而二度罷相。
最後十年歸隱江寧，不再憂思廟堂，自尋
田野之樂，倒流出了不少精品詩篇。其詩
用典錘鍊，雅麗深幽，獨樹一幟，廣受喜
愛，被稱為「荊公體」，是文壇上唯一以
人命名的詩體。失之東隅，收之桑榆啊！

星光

天上只有一個月亮

無法人人都是明月

至少　每人都可以是一顆星星

閃出一己的晶瑩

在浩瀚的藍空中

蔚成廣闊的星海

眾多細微

成就了熠熠生輝

（10/17/2018）

星願

童年顛沛入空門
勤悟苦修度眾生
慧種播撒海內外
祈求世界安和平

（8/25/2016）

＊　最近收看中央電視的《天涯共此時》節目，採訪以佛光山聞名於世的星雲大師，對其從早年的困頓流離，堅忍奮鬥，到今日全球廣布佛法的輝煌，細細道來。原來大師於軍閥混戰動盪的1927年出生在江蘇江都，10歲那年日軍侵華，年底，殘暴驚怖的南京大屠殺蔓延到他故鄉，遂與信佛的外婆北逃，多次死裡逃生。1939隨母去南京尋找出外謀生、杳無音訊的父親。遍尋不著，路過南京棲霞禪寺，得寺內師父賞識，要收他為徒，說服其母而讓他進入佛門。那年他才12歲。自此他精進不懈。1949組織僧侶救護隊來台，後隻身來到荒僻的宜蘭講經說法，傳播梵音，又創辦佛學雜誌，成立佛曲歌詠隊，設幼兒園，因地制宜，吸引不少年輕人和老幼婦孺。還透過電台、電視等各種傳媒，將如來慧語，演繹得多采多姿，有聲有色，實踐了他景仰的太虛大師之「人間佛教」。終於他內心的宏願在高雄的佛光山上，燦然放光。又東渡太平洋，在美西創建了西來寺、西來大學。目前的「國際佛光會」已涵蓋了世界五大洲，包括兩百多處寺院道場和十多所佛學院等。一粒菩提種子，如此不可思議地處處繁茂開花。他希望人人在多變的塵世中能得如來的自在法喜，進而樂於施捨助人，社會和諧安定，世界和平。願力的發揮，可以如此不可限量啊！

春寂

舉目已無親
故交忽凋零
今宵何漫漫
且唱王昭君

（3/21/2015）

* 一個多月來，為唐姐的倏忽離去，倍添寂
寥。自從前年初春慈母仙去，雖已淡泊人
海滄桑，然仍有落寞時候。唯有美麗的大
自然和旋律，舒我心寒。今夜好長，想起
先父生前最嗜聽的一曲，不禁幽幽唱起
〈王昭君〉……

春慰

花開花艷又春天
年年余郎樂流連
萬事滄桑留不住
且惜天賜福無邊

（3/12/2017）

* 是啊，又到了明媚無邊的春天。我們熟悉
的杜鵑，又如青春少女般地紛紛艷出，真
是天賜的最佳春禮。我們的「春天特使」
余玉照又採來了滿滿春色，以饗大家。我
感動的不僅是杜鵑之美，而是他那永不褪
色的喜悅煥發，鼓舞著我們邁向陽光！

後註：每年春天，熱愛攝影的外文系學長余
玉照會傳來一大批走訪台大校園的
杜鵑花照，分饗「空中聚樂部」的成
員。正值外子過世不久，在落寞寂寥
中，額外感慰。

晨思

昨夜聆唏嘘

今朝聞落雨

人生匆促過

日日且珍惜

（2/15/2017）

＊ 昨晚理畢雜事，要來點睡前閱讀時，忽接來自北加州外文系學姊王家美的電話。

她關懷的語音在電話中探詢並寬慰我的失落，又提起四十多年前的往事──1968年，她與大學同窗夫婿戴浩一從印州大學南下德州大學，戴在此做研究並著手準備語言學的博士論文。次年秋天，我先生也從Baylor Univ.來到德州大學繼續攻讀數學。擅長英文打字的外子，還熱誠地在1969年底為其夫婿打出博士論文，使他們銘記於心……

最近蜂擁而來的親情和友情關懷，使我不致成為「孤舟中之嫠婦」，而是受呵護憐惜地航行在親情和友情交融的大海中，仰望遼闊藍空……

今晨在滂沱雨聲中醒轉，想今後不論晴天、雨天，都是珍貴的一天，都得好好把握，莫讓它白白溜走啊！

曲謎

一曲枉凝眉

主角知是誰？

都云讀者癡

紛測其中味

（12/29/2016）

＊〈枉凝眉〉是紅樓夢粉絲熟知的一支曲子，來自第五回「警幻仙曲演紅樓夢」中。此回提到賈寶玉夢遊太虛境，仙姑讓他聽了14支曲子，除了引子和結尾，有12支描述金陵十二釵。其中10支是一曲一釵，唯有〈終身誤〉和〈枉凝眉〉變格，各將黛玉和寶釵混著詠，這在〈終身誤〉中很明顯。問題出在後者，開頭那兩句「一個是閬苑仙葩，一個是美玉無瑕」，看來明顯是一寫黛玉，一寫寶釵，但在87版紅樓夢電視劇中，卻將其詮釋為黛玉和寶玉，而此無比旖旎的曲子就用來歌頌寶黛間的深濃至情。甚至家中的桂冠版也如是註解。這點已使人困惑，再加上網讀到大陸紅學家劉心武先生的看法，卻認為寫的是湘雲和妙玉，主要是從字面上的詳細推敲研究而來，更令人無所適從。這部迷惑了千萬人的曠世奇書，也困惑了千萬人，至今問題多多。要知真相大白的標準答案，只有起曹雪芹於九泉之下了？

杜鵑花

點點嫣紅又見她
年年三月密枝椏
多情應屬黃友棣
浪漫詠歌遍中華

（3/13/2016）

* 殘冬漫漫，開不完的暖氣，穿不盡的冬
衣，加上微感風寒，瑟縮又添狼狽，總算
奮鬥到最近春暖花開，才回復了晨昏閒
步。後院那株瑰紅杜鵑，年年最早報春，
在數周來的虛乏中，額外覺得她賞心悅
目。其扭曲之美、嫣紅之麗，忍不住想起
傅園，也想起黃友棣和他曲中那村家的小
姑娘和情郎⋯⋯而這首跳躍著青春律動、
紅遍大江南北的〈杜鵑花〉，竟構思於艱
苦的抗戰期間⋯⋯時光荏苒，人事如煙，
惟此曲的青春輕快旋律，仍一代代地迴盪
著人心，在春天⋯⋯

欣晤

玉白其貌瑰紅裝
久別重逢敘滄桑
溫馨往昔聊不盡
綠園情摯恆深長

（10/25/2015）

* 今日秋高氣爽，難得能與20多位北一女
校友歡聚在戴念華會長家，共餐同樂，
笑語喧譁。沒想到多年不見的首任會長
康薇也嫣然蒞臨。她一向白皙，穿了一身
玫瑰紅，看來仍是當年那「一枝薔薇滿城
香」。她已脫除職銜，閒休下來，質樸赤
純地與我暢聊綠園往事。多少艱辛付出的
點滴，都成了甜蜜的回憶。這份「綠衣黑
裙」緣居然綿延到海外，日久天長……

歎惜

玫瑰三願思黃自
英年勤耕曲無數
無情風雨摧君早
華韻長流後人癡

（8/6/2016）

* 〈玫瑰三願〉這首詞曲動人的知名藝術歌
  曲，常讓人想到黃自，想到這位民國早年
  傾全力於引介西洋音樂的著名作曲家。他
  除了以西洋技巧創作不少東方韻味的藝術
  歌曲外，還培育了不少樂壇人才。31歲時
  即創辦了第一個全由華人組成的上海管弦
  樂團。三年後，即1938年，不料因傷寒驟
  逝，在生命正繁茂的34歲呵！不知還有多
  少不朽的樂章待完成……我們後人在緬懷
  之餘，實得深深感恩他的慧思播種。

歎賞

「影自娟娟魄自寒」
　香菱得句雪芹章
　珠璣繽紛何勝數？
　千古奇書萬古傳

（12/15/2016）

* 疏離了十多年的《紅樓夢》，最近才又間
  斷重溫，同時也零落在收看央視於1987年
  盛大推出的〈87版紅樓夢電視劇〉，各要
  角人物的精挑細選，堪稱貼切妙絕！尤以
  娃娃臉的歐陽奮強飾寶玉、柳眉微蹙的陳
  曉旭飾黛玉、銳目流盼的鄧婕飾鳳姐，都
  不做第二人想。此浩大「演繹工程」的工
  作團隊，基本上都是標準紅迷，從演員年
  齡的考量到無數對白的配音，都盡量忠於
  原著。對《紅樓夢》無比癡愛的名作曲家
  王立平甚至主動自薦，當王扶林導演終於
  首肯時，他感奮得激情淚下，而有如此淒
  美動人的片頭音樂……
  不同的人生階段去看《紅樓夢》，會有不
  同的感觸和領悟。我想曹雪芹要傳遞給讀
  者的是，不要耽迷於「鶯聲燕語綺羅香，
  錦衣玉食樓閣歡」，這些終究都會散滅崩
  毀，到頭來是一場空，「落了片白茫茫，
  大地真乾淨」。世事幻化無常，沒有一丁
  點兒可以抓得住啊！唯有把握當下。

沉趣

人人低頭忙
掌上乾坤長
只因賈布斯
從此舉世狂

（12/7/2015）

泣情

歷歷笑語頻
永訣見真心
多少風情淚
綿綿長牽縈

（3/17/2015）

* 上周日的「唐述后女士追思會」交纏著不
少感人故事，包括北峰先生（Always88網
——摘星樓主）近30年來苦苦追尋的佳文
〈風情萬種〉之作者，終於在兩年前與撰
文者唐述后不期而遇，感奮交集，而開始
將唐之佳作引上網，使她廣結網友。又攝
影協會的黃建中也因攝影集名之題寫與唐
結緣，提及恩師驟逝，數度淚下，情溢字
句間。筆會之林黛女士尤其欣賞唐之優雅
穿著、藝術情趣、智慧話語及坦誠的正義
感。唐姐呵！妳的文風、藝采、墨韻及珠
語笑靨，已迴盪在無數親友學子的腦海心
中，歷歷難忘。最後上台的彩虹女士帶來
了極為感性的壓軸，一句一淚，飽蘊不捨
的悲情。問世間情為何物？直教人恆久
縈牽！

淒逢

瓜洲古情鄉

悲歡欲斷腸

紅樓末路傷

由來夢一場

（1/23/2017）

* 煙柳拂江，畫舫穿梭，歌臺舞榭，遊人如
織，在這熱鬧得揚揚沸沸的瓜洲古渡口，
十二三歲、正值荳蔻年華的巧姐兒（鳳姐
之女）在賈家敗落後，被狼舅王仁賣到
此地的風月場所「藏春院」。劉姥姥帶
著板兒一路尋了來，多少舟車勞頓，總算
來到這歌舞地。罄其賣地銀兩，將頭戴紅
花、施了脂粉、正兩眼含淚在學唱牡丹曲
的巧姊兒營救出來。姥姥摟著她，老淚縱
橫，憋了多少委屈的巧姐兒也抱著姥姥，
放聲號哭……多動人淚下的場面！在這悠
古繁華渡口。這是87版紅樓夢電視劇的最
後一集，將賈府敗落後的悲慘，演繹到最
高潮，與過往的尊貴富足，形成尖銳淒酸
的對比。還有諸多按照脂批中透露的雪芹
原意之結局，皆不見於現今通行的百二十

回，足見編劇者獨特的眼光。包括賈府要員們皆銀鐺入獄。鳳姐淒死獄中，屍體被草率蓆裹，在雪地中拉拖……寶玉在獄中萎靡麻木，不修邊幅，後被釋放，落魄遊走。在暗黑中，他來到江邊，驚遇淪為歌妓的史湘雲在一畫舫甲板上正賞中秋明月。他們患難重逢，在舷邊相擁痛哭，直到船得開航，不得不分手。「二哥哥，贖我！贖我──」濃妝漬著淚水的湘雲淒喊著。寶玉激情地高呼：「雲妹妹！雲妹妹──」後來他與襲人、蔣玉菡夫婦重逢，待被贖出的寶釵要來團圓時，寶玉已勘破紅塵，不見蹤影了。也是在瓜洲渡口，劉姥姥於遊人穿梭的橋上，巧遇當了道姑的四姑娘惜春，「你不就是惜春姑娘嗎？你們賈家遭了事兒了，你不知道嗎？」可惜對方面無表情，只淡淡地念了佛號：「阿彌陀佛！甚麼假家、真家，您認錯人了。」她飄然而去……

瓜洲渡口，給了我非常淒傷難忘的印象。上網才查到它就在江蘇揚州和鎮江間的長江北岸，它是紅樓夢的動魄結局地，也暗合雪芹自己的故事：燕市哭歌悲離合。

淡韻

飄忽輕無淺綠黃
松窗絮語著淡裝
渺不奪目難登艷
豈料氤氳耐品嘗

（11/12/2015）

＊ 上個月，在台北出版了繼《詩窗小語》之
後的第二本詩集《松窗絮語》。當進行到
「壓軸戲」封面設計時，我向主編提出：
「就用松綠色吧！」，想不到年輕的美工
人員一板一眼，整個封面滿鋪暗沉的松綠
（總得有留白啊！）馬上被打回票。這次
我不再堅持特定的顏色：「任何看來清
爽的綠都成。」結果送來的樣本竟是無比
淡微的檸檬綠加上團團暈黃淺橘的花影，
已是超淡了。「可以換苔綠嗎？」我小心
翼翼地探詢。主編傳來美工師的意見，謂
苔綠與花影的色調不配，除非全部重新設
計。若再折騰，我也沒把握會滿意，體諒
她們辛苦，就此定案。想不到這身淡裝來
到美國，來到床頭，竟如此耐賞。正是：
花未全開月未圓，最美時刻在眼前！

溫詩

關關雎鳩
古情悠悠
歡愁瞋戀
淑雅涓流

源始淵遠
生動躍前
偉哉孔丘
遺我寶典

當今擾擾
世局滔滔
戚惶動盪
存詩心梢

（9/30/2018）

* 閒時，以抄讀《詩經》自遣，讓寶貴時光
　流得柔雅些。

珍重

十五年來
七百多期的亞城園地
交織了多少文人的情誼
吸引了多少讀者的癡迷
奈何　洛陽紙貴
沒有不散的筵席

多年辛勞的妳
是該歇息
回首過往
多少甜蜜
點點滴滴
不會遠去
都在你我的回憶裡

夕陽紅
晚風涼送
衷心道聲：

珍重！

（8/30/2019）

＊ 為《亞特蘭大新聞》即將於9/6之後停刊
　　而寫。

當上天聽到了

你的禱告
於是你知道
辛勤終有回報
於是你知道
奇蹟來自一點一滴
智慧之光
從不誤導
而深摯情誼
恆潤心梢⋯⋯

（12/20/2017）

當歌聲裊繞

你一點兒不顯老
看來五十不到
清亮的歌喉
能流出童時的一首首
那些來自寶島
我們都浸淫過的
青春飄渺……
好個多才的外省妞
竟然　閩南語歌
比誰都多　還會日語歌的
旖旎悠悠……
且摘些你的豐沛旋律
共譜柔麗黃昏

（12/23/2017）

秋望

去年不見中秋月
今夕良辰且相約
世界華人共仰望
多少鄉心寄銀輝

（9/3/2016）

秋歸

紅棗桂圓麥片粥
調出鄉味解鄉愁
盼來秋風拂秋葉
且理行囊再歸遊

（9/6/2017）

紅喜

大安公園紅華開

寶島春韻越洋來

亂世驚魂心何在？

愛花人兒自暢懷

（12/24/2016）

* 最近我們「空中聚樂部」（註）傳來台北
  余玉照學長在大安森林公園拍到的幾張豔
  紅花照。他欣喜於吃完冬至湯圓後，居然
  天氣回暖，也暖開了不少翠綠叢中的各樣
  紅花兒，忍不住捕影分享。比起美國大片
  地區的暴風雪肆虐，台灣豈不是寶島？正
  值恐怖分子不斷地在世界各地爆發滋事，
  還滲透到向來安寧的德國，怎不令世人惴
  慄，草木皆兵？這歲末紅花，適時地捎來
  了撫慰的喜氣啊！世界原該美麗。
  註：台大外文系1964年次的校友電郵通訊
  圈。我有幸能代表外子，也和他們伊媚
  兒往返。

絕攝

絲絲白雲掠藍空
曉旭初昇艷海中
台東才女捕絕景
水天麗象妙無窮

（9/28/2017）

＊ 近接台東詩人林明理傳來一張她去迦路蘭
海邊看日出的攝影。黑沉的海面映著酡紅
的晨曦，輕柔的藍天低低橫懸著一長道烏
雲，陽光在烏雲與海面的隙縫中迸射而
出，形成絕妙的日出佳景。

絕籟

寒家璞玉登殿堂
穎悟勵學燦放光
全球大賽頻摘冠
鯉躍龍門撼樂壇

（12/10/2017）

* 他，出生於文革期間四川成都郊外一貧困
　農家。七歲失怙，上無兄長，除了慈母，
　只有三姊。他以幼小單丁，即得學當家中
　棟樑，下田務農……他喜歡唱歌，14歲
　時，偶在鄉間的高音喇叭中，聽到名男高
　音多明哥的O Sole Mio，深受其磁美豪邁
　的歌聲吸引，自此激發了他想學習聲樂的
　意念。高中畢業後，天從人願，百裡挑一
　地登入上海音樂學院的殿堂。天資、名師
　加上他無比的勤奮精進，由剛入時的敬陪
　末座，很快出類拔萃到名列前茅。畢業後
　一年間，先後參與三次世界歌劇大賽，均
　囊括第一大獎，成為國際間廣受矚目的優
　秀歌劇演唱家，為亞洲人增足了光采。仍
　然，他純樸依舊，未改農家本色，未受名
　利薰染。其朗潤優美的歌聲中，常蘊涵了
　多少他對故鄉的親、對家人的情……從困
　乏低微到光芒榮耀，傳奇得像個神話，卻
　是真人實事，讓人感動……他是著名男中
　音廖昌永！

脫穎

落筆黃山氣

福州書家奇

亞城群英會

文聚情依依

（12/7/2015）

* 承蒙「亞特蘭大書法協會」祕書長李麟帶
來福建的書法家楊立松先生蒞臨12/6在許
月芳府上的藝文大會聚，得以親睹其運筆
神韻及曠達墨法，不禁聯想起黃山動魄的
松……此次集合了喬州作協、書香社與亞
城園地等諸文友20多位，熱趣交流。張典
熙帶來小巧畫作，清新可喜；寫詩的民
莉下廚展藝，餅香四溢；清唱社獻出懷念
唐述后歌曲〈桂花樹絮語〉，由作曲者劉
北教授先行講解，是生動的思懷；李麟現
場揮出端挺的隸書，古箏家李瑞香的靈逸
行草，都令人驚艷；作協雨蓮與眾人大擺
龍門陣，暢談逸聞，驚趣連連……豐餐美
食，點心水果，感謝許月芳的熱絡殷勤
招待！

花慰

盈盈淡紫馨
點點鶯燕情
最是寂寥日
難忘綠園心

（2/23/2017）

* 感謝北一女校友會，在聞知我的失落後，
  贈來一盆開著數串嬌滴欲語的紫蘭花，朝
  夕窗旁伴我，倍覺綠園情深。

華風蘭語——聆趙小蘭專訪有感

出類拔萃趙家女

珠圓玉潤好英語

內閣展才無能匹

飽蘊華德綽有餘

（5/28/2017）

* 在美國提到趙小蘭或Elaine Chao，這位從
勞工部長做到運輸部長的首位亞裔女子，
已無人不曉。這是我初次聆聽到她以流利
的英語接受採訪。她八歲起，即在美國入
學受教育，英語流暢，不足為奇。但她令
人額外欣賞的是在從容不迫、清晰誠懇的
言談間所流露出之篤定自信和善良負責。
其機敏向上，飽吸洋學精華，還不足以成
就今天的榮耀。她坦承能有今日實奠基於
父母身教言教傳給她的中華哲學精髓——
悲天憫人和溫厚謙和，開闊了她的胸襟和
視野，柔化了她的人際關係。又其父對女
性的絕對一視同仁，給她和五個妹妹們無
比的自信和無限寬廣的天空；還特別勉勵
她們要不畏困境，不屈不撓，堅忍奮鬥，
而成就了今日的趙小蘭，這位華裔女性引
以為榮的楷模！

蘭緣

瑞香捎來七仙女
朵朵紫紅漫情誼
幽蘭不沾塵世惱
流箏舞墨自心怡

（9/6/2017）

* 昨日承「清唱社」才女李瑞香贈花，僅此
  詩謝。

衷慶

五彩風箏飄滿天
春荷出水艷田田
十七王爺情獨運
一曲清笛悅嬌顏

（4/16/2018）

* 不到二十天，就賞完了全部76集的《後宮
甄嬛傳》。動魄之餘，餘韻裊裊。難忘雍
正皇為剛孕的莞嬪（甄嬛）慶生那段：除
了在圓明園牡丹台的紗舞飲宴外，皇上還
託其風雅的十七弟果郡王策畫些新點子慶
賀。原就心中愛慕莞嬪的果郡王藉此「良
機」別出心裁地在戶外鋪排，讓皇上與
莞嬪從酒宴中一出來，即迎上滿天飄飛的
五彩風箏，樂得莞嬪笑開了；又驚見滿湖
居然於四月天在田田荷葉間，盛開著嬌艷
的粉蓮，這時一曲〈鳳凰于飛〉的笛聲由
遠而近，悠悠傳來。原來是果郡王瀟灑地
吹著前來祝賀芳誕。雍正皇見其寵嬪開
心，不禁龍心大悅，而果郡王只能珍藏
此情了。

觀劇

古劇甄嬛魅力長
嬌嗔粉妒亂蝶香
清宮恩怨情何在？
一脈清泉沁心涼

（3/27/2018）

＊ 近來，春寒料峭，大幅縮減了戶外活動，閒窒得試著點賞盛名揚沸的古裝連續劇《後宮甄嬛傳》。一打開，不得了！竟有76集之多，要看到甚麼時候？未料一旦沉入，短短一周多，竟「消化」了38集，居然一半了。足見其吸人的魅力！

這齣描述清雍正年間後宮韻事的連續大劇，生動淋漓地刻劃了人性為膨脹自我、爭權奪利，手段之無所不用其極，實令人驚顫嘆息！雖說戲劇來得誇張，然放眼現實人類社會，又何嘗不是如此。人際間的相妒相殘，在綿延不盡的歷史中，一再重演……寬宏大量、互敬互愛是多麼難得珍貴的品德啊！理想社會應如是。

此劇引人的除了流淌於後宮的錦衣玉食、稀珍古玩、亭台樓閣、奇花異卉間的機巧鬥智和諸多動魄驚心之懸宕情節外，我獨愛其時不時流露出的琴棋詩畫之美、聰穎靈慧的甄嬛和雍正皇在文學上，甚至政事上的交心。最美的是年輕的果郡王總在朦朧幽景中與甄嬛邂逅，在梅花盛開的雪夜、在荷花池上的舟中、在笛聲清揚的夜裡……礙於身份，她必須冷；身為雍正之弟，不敢僭越，他得壓抑著對她的愛慕。而另位偷偷愛慕她的溫太醫，原是舊識，卻只能在為她把脈時，默默認命……這些難以成全的「情」，才是至美吧？這只是半齣大劇的感言，相信在後半齣，會有更為精彩動魄的結局。浩浩中華，擷一小段歷史，竟能演繹出魅力無數，華人有福！

譜情

你說
很多年以前
曾送她一束小白花
為什麼
她淚水落在花上？
為什麼
你默默無語，是神傷？

你說
歲月像流水
洗皺了你的臉
歲月像秋風
吹白了你的髮
為什麼
每當夜闌人靜
你會想起
那束帶淚的小白花？
而你

依然默默不說話……

不敢也不忍
去抽絲剝繭
我甚麼都沒問
只設法揣摩
那份朦朧的依稀
且讓它流出
半帶哀愁的甜蜜
使其鮮活
一如遙遠的過去
這臆測出的曲調啊！
只能與你
拈花微笑……

（7/2/2019）

* 為友人詩譜曲有感。

譜——謝　劉北教授贈音樂CD

花東海岸水連山
秀麗質樸美景觀
稻穗蝴蝶幽河谷
雅逢蕭郎成樂章

（6/14/2016）

* 他，好年輕！卻已是台灣作曲界一顆引目
的星。先後畢業於台東大學音樂系和師大
音樂研究所，專攻作曲。他寫的合唱曲
〈來自遠方〉獲美國加州爾灣華聲合唱團
Irvine Chinese Chorus中文合唱創作比賽首
獎。另外其室內樂、弦樂團作品等也多次
獲獎。最近有幸聆賞其首張創作專輯CD
《花東印象》，其中多首以鋼琴的琤瑽、
提琴的悠揚、雙簧管的幽鳴，美妙交流出
令人柔醉的月光下之回憶、山谷的迴響、
清晨的琵琶湖、稻穗的金燦、彩蝶的舒
展、艷陽下的花東公路、被遺忘的鐵道、
跨年的曙光……還有活潑快節奏的原住民
飲酒歌和台東特有的元宵節炸寒單等等。
這美麗的花東河山與人文景觀竟如此細膩
地觸動了飽蘊音樂創思的青年蕭育霆，他
使花東的大自然不只是大自然，而是流出
美妙旋律的永恆樂章。

讀海

宏偉浩瀚大自然
多少哲理入篇章
繽紛水族皆有感
撼觸細思人情腸

（8/8/2016）

* 昨日受邀，前往聆聽來自台灣的海洋文學
先鋒作家廖鴻基先生的《足跡船痕——陸
地到海洋》。

原來廖老師自小是個性內向、不善言辭的
孩子。在無有人際關係的孤境中走向海
邊，去探索海洋生命。漸漸地他開展其視
聽感官去瞭解大自然。在學校，他原是不
會作文的學生，到30歲開始海上生活時，
才透過遼闊的海空，湧出豐富感觸的文
思，撿拾透過大自然烙印在腦中的佳句，
陸續出版了20本海洋文學的作品，屢屢獲
獎。這是國內甚少有人著墨的領域，大大
拓展了讀者的視野心胸和對魚鳥眾族類的
注目認知。原來自詡為「萬物之靈」的人
類，不過困居在只佔地球30%的陸地上，
對於浩瀚的大洋及其生物，所知有限，可
曾用同理心去尊崇、關懷、保護？而不是
一心要「征服」？今後是否能更為友善地
與它們共存？如此大概更為接近造物者的
天意吧？

感謝中華學人協會的何婉麗博士，慧心安
排出如此感人的一場盛會。

賞帖

漢字傳承長
書寫萬千難
鋪排各展韻
唐帖案增光

（6/3/2018）

* 最近書香社承謝國維先生開講〈漢字的歷
史〉，使我們重新感受這華人筆下不離不
棄的「文化伴侶」在世界文明中多麼獨特
而淵遠流長。它不僅供我們用來溝通傳
承，奇特的是它本身的結構就能「端」出
一份藝術美，使我們的書法能自成一門藝
術，為西洋文化所無。自認與方塊字在手
中筆下已廝磨了一甲子，卻常遺憾難以寫
出它的味道，總覺不夠美，難以達到它應
有的藝術境界。今晨搜出褚遂良的《聖教
序》展立案頭，頓覺心神一振！其楷書行
筆結構之端雅，字韻之暢逸，令人震撼嘆
服！畢竟是大書法家，一千三百多年來，
字氣恆存啊！

賞月

月近中秋明
晶圓無古今
東坡念子由
千載入華心

（9/22/2018）

* 「但願人長久，千里共嬋娟」已深入華人
心中九百四十二年了。蘇東坡地下有知，
怎料到他那中秋之夜的吟詠，竟成千古絕
唱。而中秋節，年復一年，恆是華人秋心
蕩漾的節日。

賞畫隨筆

——*11/4/2016赴北投99藝術中心觀賞旅加台大同窗羅世長在台畫展*

藍色休止符
如此地詩意
真的將我引去
在倦遊台東歸來後
台北周五的清涼裡

穿迷在人手一機的新世界中
與好友同去興沖沖
你那滿牆單純的悠藍、黃綠
半朦朧地傾語
你那嚮往寧靜自然的心意

穿越塵喧
尋到了知音的欣喜
只有藝術
凝住青春的夢語

那位殷勤接待的年輕人

口口聲聲稱你「羅老師」
像透了七十年代的你

轉眼四十多年　各奔東西
滄海桑田　年華不再
只　心中的藍
清新怡靜如昔……

（11/6/2016）

農家趣

亞城高君入桃源
作客佛州遠塵喧
牛場菜園無垠綠
晨雞啼曉喚君眠

（3/25/2017）

* 昨日上網，在琳瑯滿目的亞城園地中，瞄
  到高優鍔先生一篇散文加詩的〈作客〉，
  提到他三月間去佛州的Brooksville，受邀
  去一位來自上海的遼寧女子家作客。主人
  喜愛回歸自然，屋舍四周闢了養牛場、雞
  舍和菜圃等，怡然自樂。請了遠客來，還
  設酒、烤豬、作食，談文論藝……翌晨，
  高君在雞聲中醒來。光是這最後一幕「雄
  雞把我喚醒」，已羨煞多少都市人，比起
  在鬧鐘聲裡或割草聲中醒來，要美多了！
  彷彿也讓讀者吸到了那份與大自然合一的
  芬香。

農莊小遊

—— 記5/21–22與大女兒貞妮及其友同遊*Serenbe Farm*

初夏驟雨消　　同往西南郊
駛離塵喧鬧　　幽入綠野遙

樸雅小農場　　淨潔賓客房
三面玻璃窗　　舉目綠盎然
窗台羅靠枕　　舒歇盈鳥聲
遊廊藤桌椅　　茶點閒趣聊

黃昏日將西　　漫行探莊地
柵欄圍山羊　　橋影湖靜寂
晚宴臨窗景　　軟蟹燴鮮蔬
暢談加甜點　　核桃香布丁

妮偕法籍友　　入夜節目多
擬去觀營火　　我自歇夢窩
早起精神爽　　獨遊清晨幽
煙嵐籠遠樹　　氤氳罩翠湖

兜滿鮮潔氣　歸迎妮晏起
齊赴進早點　咖啡香四溢
鬆餅甜果醬　法國吐司香
窗外紅花艷　餐畢去餵羊

提食入柵欄　引來黑白羊
玉兔蹲籠內　肥豬臥槽旁
亮羽金公雞　赳赳冠昂揚
南美大駱駝　踱步添景觀

近午得整裝　告別此農莊
歸途再逢雨　難忘共遊歡

（5/23/2017）

返校

香絮紛飛五月天
長子畢業二十年
料得重聚騰歡日
北地杜鵑綻如仙

（5/8/2015）

* 憶記得在1995年5月，安居亞城家中近六
年的我，首次出遠門，北赴康州參加兒子
的大學畢業典禮，遇上北方姍姍來遲的春
天。那熬過嚴冬厚雪而綻放的各色杜鵑，
別漾仙靈之美。一晃，二十年了。兒子已
迫不及待，將忙中抽空，赴會去也。不知
那些數百年的古雅建築，可還安然無恙？

醇——記*6/19/2016*文聚

炎炎相聚歡

侃侃古今談

豐宴添美點

多勞許月芳

（6/22/2016）

* 上周日，一個晴朗的豔陽天，亞城眾文友
在許月芳主編家，又一次歡聚。除了主客
——遊到亞城的徐匡梁教授和夫人胡秀君
外，蒞臨者還有作協會長雨蓮、書香社長
藍晶及社員劉北教授和夫人王素明、董永
良教授和夫人姜愛娟，以及亞城園地的蘇
醒和民莉夫婦、楚人申士夫婦、陳安利夫
婦和高達宏君等，濟濟一堂，歡暢交流。
加上各獻佳餚，與主人許月芳精心調煮的
美食湯點，繽紛多采，排滿餐檯。人人飽
啖，穿綴著月芳的熱絡招呼，雨蓮不禁欣
道：「像是回到娘家！」

驚暴

反恐更恐全球痛
瞋仇敵對何時終
巴黎鐵塔魂消日
世界地標藍白紅

（11/15/2015）

* 中東恐怖組織繼數周前在俄機上置彈使其
  炸毀後，又滲入西歐自由民主的藝術花都
  巴黎，於11/13黑色星期五晚上，分別在
  六個地點瘋狂炸射，使上百正在休閒歡樂
  的無辜民眾送命身亡。身為人類，竟以殺
  戮毀滅為目標，平添多少無須有的哀痛欲
  絕，情何以堪？巴黎鐵塔黯淡那夜，全世
  界各大都市的著名地標，紛紛亮出代表法
  國的藍白紅，包括台北的101，多感人的
  道義情懷！

驚聆

相隔卅載一線通
驚喜交集似重逢
過往紛紛聊不盡
盛衰年華太匆匆

（8/21/2019）

*　平日諸多陌生電話，不予理會，幸而有留言區可去蕪存菁。今日黃昏，在留言中收到了驚奇！竟是我們分別了30年的邁阿密友人朱開申的來電。於是即刻回電，她也驚喜得不敢置信！說是因整理東西，偶然看到我在亞城的電話號碼，就試著撥撥看，竟然果真能尋到我！

記得她過去在邁城是相當活躍的家庭主婦，打得一手好網球；我們常交換烹調秘訣，互嘗彼此的料理；她較不熟悉縫紉，常央我替她改衣服；她的女兒和我兒子年齡接近，我生了小貞妮後，她還送來不少她女兒的美麗洋裝……而她隔了多年才生出的兒子，那個活潑好動的小男孩，竟已38歲了！時間在我們腦海裡變魔術啊！我們從家人子女聊到邁城友人的變動滄桑。三十年呵！豈是三言兩語所能涵蓋？邁阿密的往事太多了。回首過往，歲月的流速，怎一個「匆」字了得？！

情懷篇

七夕情

今日八月初七
有誰會去留意
正是華人的七夕
遠去的牛郎織女
大概不在異國相聚
沒有微雨淅瀝
灑下華人的癡迷
沒有輕羅小扇
去撲流螢稀稀
只　夜空一弦朦朧
讓人去思牽
華人的情意點滴

（8/7/2019）

* 最近又重溫起蕭麗紅的得獎名作〈千江有水千江月〉。書中屢屢提及「七夕」與男女透過它的情牽，還有台俗如何搓出「七夕湯圓」以裝織女的眼淚之說……這遠去的浪漫，早已消遁，何況在異鄉？今夜戶外寂寂，半團弦月朦朧，悵然無雨絲可添情。

上元思

去歲元宵逢晶月
今朝淅瀝迎燈節
桂圓薑水爐中沸
紅燦春福又一年

（2/22/2016）

亂世心語

莫為人世多災憂傷

且自在　　皇天在上

莫為人事無常惆悵

且舒懷　　一切天安排

莫譏古人信天

現代科技何曾超離

冥冥中的玄妙天機？

（10/2/2016）

偶感

無情歲月有情人
千古煙塵感念深
普世難劫無有盡
涓滴祝願祈天恩

（3/15/2019）

* 在科技時代，不用提天災，光是人禍，就
層出不窮。一次劫難，可以是數百，甚而
上千。最近在衣索匹亞的驚人空難，使
機上來自35國的157名乘客和服務人員全
數罹難。而這種波音最新型客機去年十月
在印尼也上演過同樣的慘劇，使川普總統
為了人民安全，毅然下令：禁止波音737
Max客機在美國飛行！回想起2001年紐約
九一一的空前浩劫，十多年過去了，卻仍
鮮明得觸目驚心，往事怎會「如煙」呢？
人類得不斷地記取教訓，方能有萬全智慧
向前邁進！

元宵願

淡粉榅桲點點開
正月十五又到來
歡愁人事難恆順
祈願明春悅心齋

（2/2/2017）

* 過去曾被我誤為紅梅的一叢野生榅桲，已在輕寒時節，又開出了點點粉紅，添麗了後院冬景。而元宵節，這最為炫麗的華人節日也將燦然而來。可惜我心中還沒能歡愉地去配合這歡慶的日子。就在歲末，接二連三地有親友或辭世，或入院。加上「川普旋風」掀騰得國人抱怨重重……多麼嚮往安和樂利的平順日子。願明年，當一切拂逆遠去，能有個更為歡愉的元宵節。剛接久彌來函，提到文友翠英將發起個慶祝元宵的藝文猜謎聚會，黯淡的心不覺又亮起來。雖我因學校的工作不克赴會，也替他們興奮呵！與其盼望明年，何妨及時行樂。

困盼

州州遭難人人危
狂疫橫行瘋肆虐
盼得河清解禁時
恍如隔世欣回歸

（3/30/2020）

困願

香絮紛飛又一年
年年薔薇艷林間
溫馨五月情何處？
普願全球度災年

（5/9/2020）

* 從未有過如此「出不得門」的母親節。歐
  美各地仍在慌亂地對抗疫災的蔓延，人人
  仍得謹慎困守，不知何時能自在地「出頭
  天」？五月的芬郁襲來慰藉，也藉著晨禱
  送出對天下人的祝福。

境遷

昨夜雨傾狂
今朝安寧鄉
世間多變幻
恬淡自悠長

（4/7/2016）

＊ 昨天半夜，雷霆萬鈞，驟雨來襲，擾了清
　夢。晨起探看窗外，後院除了些折損的枝
　葉，周遭一片靜寂，像沒事人似的。想人
　生不論順逆，都將遠去，甚麼也抓不住，
　且看淡啊！

失根

逆水行舟談道德

世風日下奈之何

槍擊殺戮尋常事

今人狂亂古人愁

（8/30/2016）

* 日前收看央視《文化大觀園》專訪淨空法師，他老人家特別提到目前社會的亂象，特別強調中華文化之可貴。數千年來中華文明能歷無數劫難而長存，歸功於道家的隨順自然、儒家的倫理道德，兼融合佛家的因果規範。目前科技社會的進展，反其道而行：突飛猛進，卻汙染自然，天災頻繁；物質豐沛，網路盛行，卻倫常缺失，宗教式微。尤其無有良善家教的青少年，在目迷色亂的繁多傳媒中，極易受到染汙，不辨是非而為非作歹。若摒除倫理道德而要去對治層出不窮的槍擊案，是緣木求魚，徒費工夫，畢竟萬法惟心。我們的老祖宗若地下有知，會多麼搖頭嘆息呵！

如飛

光陰似箭似火箭
歲月如梭太空梭
人世洪流匆匆過
感恩惜取歡樂多

（12/19/2015）

* 以火箭、太空梭來形容時間匆匆，好像是
徐匡梁教授說的，說得好！在此借用了。
翻譯家沉櫻女士寫過，不知是時間有加速
度，還是她愈老動作愈慢，直覺得時光愈
過愈快……可不是？從青春到龍鍾，恍如
一剎那！眼前的歡樂，都得額外珍惜。佛
家看瞬變的無常人生，歸趨到平寂的不生
不滅，多麼舒坦！

幽困吟

搖綠鑠金春滿盈
佳文名句入幽心
不愁時疫當無事
氣定神閒自太平

（4/21/2020）

* 當春寒料峭漸溫斂，亞城的春陽才可愛起
  來。滿院綠幽，和風徐來，翠搖金閃，好
  個亮麗溫暢時光！多日來，手抄文天祥
  〈正氣歌〉，最愛「當其貫日月，生死安
  足論」、「顧此耿耿在，仰視浮雲白」等
  句。近午，正抄到蘇軾的「春衫猶是，小
  蠻針線，曾溼西湖雨」，得下樓弄餐去了。

思安

科技突飛禍頻繁

三天兩頭爆槍案

身居亂世心何在？

念念彌陀祝平安

（12/5/2015）

恆傷

年年九一一
隱隱心悽悽
恨火燃巨禍
逆天萬古愚

（9/11/2018）

* 2001年的九一一紐約驚爆，已成了至今美
  國歷史上最為巨大的災禍，也是永難抹去
  的傷疤。還記得當初仍在紐約工作的兒子
  在第一時間來電：「媽，我看到了，都是
  煙，都是煙⋯⋯」痛！痛！

感時

三月情懷五月天
光陰不待幽人閒
如煙青春恆記取
歷歷長存心田間

（4/14/2015）

* 時光飛馳也有加速度嗎？怎麼我的認知，
　總趕不上它的飛逝？彷彿三月春光還沒享
　完，五月已匆匆進逼。春來春去如一瞬，
　好比大學四年的青春，但那段清純歲月，
　已是心中的永恆。

感恩微語

每天都是一項恩賜
每個時刻都是一顆珍珠
人生旅途
不知還得承接　多少無常
不知還得投入　多少奮戰
只　一縷虔思
坎坷皆無

（11/24/2016）

春問

拂面楊柳風
感天恩賜濃
滄桑可有盡？
且問千年松

（3/3/2019）

* 「人有悲歡離合，月有陰晴圓缺」，幾乎
無人能一生順暢圓滿，總得迎接各種挑
戰，度過一關關。只是，我們能預知還有
多少「關」要來嗎？我們如何免去忐忑不
安呢？這時，《金剛經》的功用來了：
「凡所有相，皆是虛妄；若見諸相非相，
即見如來。」偉哉！佛語。

求

求安不求樂

求康不求壽

何時能一無所求

隨順歲月悠悠？

（2/14/2019）

法喜

是一種永恆的心態
不為煩憂困惱所侵蝕
在陰霾中
仍能折射出亮麗的彩虹
是無數挫折的歷練凝出的正果
以之度過
人世的春夏秋冬、坎坷重重

（2/7/2019）

淨心

清風明月在
常保心開懷
愁緒縱難免
慧思破雲來

（5/13/2015）

* 記得過去在台灣有部瓊瑤的作品叫《心有
千千結》，也拍了電影。當初對此片名無
甚興趣，它總沒有《紫貝殼》、《寒煙
翠》、《一簾幽夢》等來得美吧？其實心
中不要說千個結，只要一個心結，就讓
人受不了。多少人被那個「結」鬱得愁眉
不展，心事重重。何苦？人生一趟，多麼
難得！靜沉下來，細剖冷析，任何人事糾
纏、雜惱攻心，當慧光明照時，自會煙消
雲散。正是：行深般若波羅蜜多時，照見
五蘊皆空，度一切苦厄！

淨

化繁為簡輕煩惱
依善親賢思舜堯
滾滾世塵歸何處
聲聲佛號匿心梢

（9/26/2016）

熬

人生得先「滾」過，再細火慢熬。
到了老年，那股內斂的熱度和酥爛，
豈是年輕人的乍沸能比？

（9/20/2016）

秋喟

霏霏秋雨何其多

不見太陽使人愁

動盪美國又槍案

世風日下奈之何

（10/3/2015）

* 10/1又爆發了一宗美國校園槍案，又是一
群無辜者莫名遭殃，多少家屬好友心傷
痛號……狂妄暴行已愈演愈頻繁，連歐
巴馬總統也不知要如何評論，雖震憤，
也只能無語問蒼天了。好像多少律法，
都無能為力。今日各種網路通訊無比便
捷，各種奇思異徑盛行。心靈不健全的
年輕人無有正統的明辨善惡觀念，無有
家庭宗教的愛心洗滌，很容易闖成害群
之馬，擾亂社會啊！

處變

又來槍暴案
動盪滿人間
古寺鐘聲遠
白雲自悠閒

（7/19/2016）

* 最近在世界各地恐襲層出不窮的爆發中，
這兩周來，美國竟密集發生數樁警察遭擊
事件，警民衝突已愈演愈烈。不同宗教與
種族之間，若嚴重缺乏互敬互愛，則這人
口日趨膨脹的地球村，將永無安寧！且自
保之，又奈他何？

親古

畫夜更迭瞬如煙
月圓月缺晃眼前
子昂之歎實不遠
萬古千秋共流連

（3/11/2018）

* 京劇《鎖麟囊》旦角一出場，即是美妙旖
旎的一句：「怕流水年華春去渺」。敏感
的人們對歲月之流逝，都有無可奈何的感
觸，這是亙古以來我們無法改變的事實，
歲月長河從來沒有須臾的停頓呵！常會想
起初唐名士陳子昂登薊北樓，感懷燕趙古
事的慨然悲歌：「前不見古人，後不見
來者；念天地之悠悠，獨愴然而涕下。」
雖是一千三百多年前的事，以時光之「流
速」，其實並不遠，今人也都能感同身
受。他太年輕了！若能活到蘇東坡之齡，
說不定可豁達灑脫地享受大自然；從古書
中，與古人怡然共流連，應會不勝歡愉而
非滿懷悲愴了。

迅

七個小精靈

按照順序地

日日輪流值班

他們動作飛快

攪得你

跟不上

想不起

今天是誰值班啊？

（7/26/2017）

追痛

又逢九一一
舉世哀悼星條旗
是多少歲月
難以抹平的嘆息
冷瞧人間癡愚
怒掀狂濤暴戾
後果誰收？
唯有藍天無語

(9/11/2016)

隨想

昨日掃葉勤
今朝淨滿庭
此生諸相影
莫非前世定？

（10/15/15）

靜思

一杯淨水迎清晨
西望彩霞送黃昏
虔心寡欲觀人世
芸芸眾生苦何深

（2/28/2016）

驚傷

要多少篇章來寫無常？
要如何道盡人世哀傷？
要如何免去晴天霹靂？
要如何保住平安久長？
幸而　受挫的人恆不孤單
親情、友情恆是醇長
有風雨　方有彩虹
正是　人世滄桑

（4/24/2016）

＊　近聞工作同仁家人突遭不測，有感而寫。

自然篇

冬忍

北地雪狂積
南國落凍雨
天寒休怨苦
凜冽蘊春機

（1/12/2015）

* 天呵！嚴冬之肆虐美國，好像一年狂似一
  年，愈演愈暴戾了。不管多麼嚴冰厚雪，
  刺寒襲人，明媚的春天會探頭的。

冬柔

十一二月六十度
溫適晴美入冬無？
可喜喬州得天厚
依然盈綠潤心酥

（12/17/2015）

* 好問的二女兒最近突然問我：「媽，您喜
歡這種反常的冬天還是正常的冬天？」
「笨！當然喜歡舒服的冬天嘛！」哪怕是
「偷」來的，誰愛在冰天雪地、寒風刺骨
中去奮鬥受苦呢？我來自寶島台灣，又
住過邁阿密，年年亞城的長冬都是忍耐著
過，可曾舒暢過？這些年來，我們已感受
到地球媽媽在變了，各種天災更形暴戾。
可喜喬州躲過了美洲大陸無數的水災、
旱災、風災、雪災等等。受兩極移位之
賜，今年美東額外溫暖，推遲了冬魔的凌
虐，倒不知明年二、三月間，要如何與
它周旋？

冬關

年年上天

總給我們一段

嚴苛的考驗

就得熬過

冰霜雨雪

凜冽風寒

方能得到

明媚怡人的

春禮獎賞

（12/10/2018）

凍

北極冰寒襲美南
突現低溫萬人慌
雪困車潮停汙染
開窗迎來撲鼻香

（1/18/2018）

* 是現代的科技汙染麼？大自然的回報愈來
愈剽悍。今冬，北極的冰氣團竟乘虛而
出，洶湧南下，使美南各州直到新英格
蘭，廣遍遭殃。我們喬州也嘗到了華氏十
多度的寒凍滋味。可憐一些大卡車和上班
族，仍拚搏著上高速公路，在冰滑中狀況
連連……平素散步，最令人皺眉的往來車
輛已銷聲匿跡。窒居家中，孤賞雪景，開
窗迎入一股暢心暢肺的寒冽清爽，難以
言喻！

初夏

一晨好風滿園香
綠蔭深深送暑涼
減碳節源關冷氣
開窗枕籟入眠鄉

（6/18/2017）

＊ 拜濃蔭之賜，都接近六月下旬了，我這古
舊磚屋，還無需開冷氣。清晨樹下，涼風
習習，是最佳掃院時光。入夜敞窗，任鳴
蟲唧唧⋯⋯最享夏夜風情。

午後

遍野盈綠夏日長
忽來疾風暴雨狂
滿園狼藉待清理
拂面清涼送叮噹

（7/8/2016）

* 畢竟來自寶島，我不像老美那麼怕熱，何
況住家綠蔭深深，炎夏並不難熬。前日就
在蟬鳴正熾的午後，忽然天色陰斂，強風
陣陣，旋即猛烈暴雨，傾注而下。一時後
院幹搖葉落，成了風雨交相逞威的戰場。
平靜下來後，探眼窗外，已殘枝敗葉，滿
目瘡痍。戴上手套，正要設法去撿拾清
理，樹下的銅鈴在微風中撩起串串叮噹，
像在為我歌唱。呵！放柔後的風兒有多
美！何必如此生氣呢？昨日驚聞尼伯特強
烈颱風在台灣的7/8清晨登陸寶島，台東
首當其衝，飽受襲擊肆虐，樹倒屋傾，到
處狼藉不堪，真是天怒難防啊！但願我的
「樓下芳鄰」林明理，其台東家園在重整
後，美麗如昔。天佑台灣！

嚴冬

北極冰寒虐美東
戾風暴雪災重重
喬州桃源難倖免
一夜凍成廣寒宮

（1/20/2015）

* 華氏20度，車庫成冰庫，還持續數日，讓
喬州人飽嚐北國滋味。雖無東北區的厚雪
龐積，已畏於外出，怕冷得窒息。氣溫走
極端，何堪忍受呵！

夏情

香蕉芒果水晶盤
密葉遮天綠滿窗
陣陣蟲鳴噪四野
夜來螢火晚風涼

（7/9/2018）

夏至

點點梔花香滿園
圓圓荷葉正田田
歐遊歸來忽迎夏
端午情深又一年

（6/17/2018）

夏趣

炎炎盛暑天
芒果鳳梨甜
午後蟬聲起
夜螢亮林間

（6/26/2016）

家居

閒來淨院庭
無事一身輕
密蔭微風起
鳥音零落鳴

（6/21/2019）

* 旅遊固然帶來諸多樂趣，不出門時的居家
日子，一樣舒服怡人。後院到了夏日，濃
蔭蔽天，微風拂來，額外舒暢。有事沒
事，就愛去後院掃掃院子，暢享群樹蔭下
的清涼，綴上鳥語嘰喞，多美的夏！

惜身

珍愛自己的身體
不是自私自利
而是珍愛上天的賜予

多麼神奇
它受傷了，可以自己療癒
有外菌襲擊
可以奮力抗拒

它有自己的平衡
它有自己的言語

（12/6/2016）

懼

颶風壓境萬人慌
膽戰心驚大逃亡
天意冥冥難逆料
聲東擊西再奔忙

（9/10/2017）

＊百餘年來罕見的超級颶風Irma挾其龐大威
力，逼近佛州。使州長額外戒慎，數日前
已下令沿海居民開始撤離，並擴及大邁阿
密區。形成約650萬佛州居民大逃亡的空
前場面，路途擁塞，汽油供不應求，嚴重
短缺……未料向Miami直撲而來的Irma竟
忽然轉向偏西，輪到佛州西海岸各城驚
慌，倉促準備逃命，連喬州內陸區也得戒
備。正是天意難測，人類是多麼渺小啊。
無論如何，還是佩服各單位之盡量周全準
備因應。

早秋心語

碎豔繽紛轉眼空
滿山遍野綠仍濃
娑婆世界災難重
一縷虔思送晚風

（9/24/2015）

* 在盛夏長豔百日的紫薇，已細碎紛落，風
華不再。放眼遠近林木，依然綠盈盈的，
尚未染添秋色。這氣溫放柔的美好時光，
卻是人間災難未息。令人觸目驚心的北加
州大火，已熊熊延燒數月，毀屋逾千，難
以遏止，史上罕見。又中東敘利亞的內戰
不休，導致人民顛沛流離，蜂湧入歐，頓
成歐陸各國的龐大負荷，連隔洋的美國也
不能坐視，將接納十萬難民。哪管千山萬
水，地球村已小得彼此互通聲息了。唯有
誠摯的善念能澆熄天災，平息戰火吧？

春喜

春臨樹梢頭
鳥語鳴啾啾
年年戀春景
歲歲不空流

（3/27/2019）

* 《千家詩》中有首：「準擬今春樂事濃，
依然枉卻一東風；年年不帶看花眼，不是
愁中即病中。」這位作者也太「煞風景」
了，將美麗的春天用來憂愁、生病，多可
惜呵！雖然我深切了解到人在愁中，春花
再美也難以解憂。想起過去老爺子失業那
年春天，我見了成片艷開的杜鵑，也引不
出喜悅，反倒是春愁無邊……若是從感恩
的角度去看，會感受到上蒼在春天以多麼
豐沛而美麗繽紛的呈現來關愛世人啊！不
管我們被塵惱煎熬得多麼焦頭爛額，在春
日裡，先感謝上天！

春困

春風拂面鳥嘰啁
姹紫嫣紅麗無憂
應喜淨潔車煙少
不知人世厄災多

（3/26/2020）

* 好個奇特靜謐的春晨，清風襲來，鳥語鳴
唱，以往忙碌穿梭的上班族車輛最近倒稀
減許多，難得無煙惱。由於肆虐全世界的
新冠病毒三月間在美國急速擴散蔓延，兩
周來全民被迫禁止不必要的外出，人人被
迫困居家中，不知得持續到何日？逢春展
艷的眾花兒，應欣喜於空氣的潔淨吧？她
們哪裡知道世間正大難橫行呢！

春寒

暴狂風雪襲美東
陽春三月罩銀冬
瑟縮南花怯吐艷
何日盼來楊柳風？

（3/15/2017）

* 每次冬魔肆虐北方，我們喬州就遭殃，氣
  溫陡降，得陪著瑟縮個沒完。這穿不盡的
  冬衣，何日能薄衫舒暢？牆角一朵紅薔
  薇，今晨僵艷在20多度的低溫中，像在後
  悔，她太早出鋒頭了？

春心

藍天白雲茱萸開

清脆鳥語東風來

心中無事即仙境

天賜春恩情滿懷

（4/3/2018）

* 春寒暫遁，難得春風和暖，出外溜達，舒
  暢多了。心清境自明，滿懷感恩，享受著
  天賜的春。

春悵

一人罹病萬人慌
冠疫蔓延舉世狂
嫣婉杜鵑空悵嘆
孤芳自賞添春傷

（3/11/2020）

* 後院的瑰紅杜鵑已爛開成片，卻沒能像往
年那般捎來春喜。當新冠病毒被媒體聚焦
渲染報導，引起世人過度惶惑恐慌，畏於
外出社交、旅遊、購物甚至上學，導致諸
多活動機關停擺，還波及各業，困頓蕭
條，如此反常局面，如何是好？原來當人
世有難，人心不安，則嬌花美景，自不相
干了。願過些時，這舉世災厄，將會雲散
煙消。

春情

淡淡的星期天

不想開車出外鬧喧

靜靜在家　烹茶調粥

前後庭院　穿梭流連

欣見杜鵑開遍

淺紫嫣紅艷無邊

又迎來一季春

感恩喬州

依舊桃源

（2/26/2017）

春絮

春暖艷陽天
碎微飄庭前
紛飛無窮盡
揮帚為舒閒

（4/9/2015）

春隱

晴寒四月天
春意虛無間
畢竟端陽遠
且和冬周旋

（4/21/2019）

* 怎麼忘了？「乍暖還寒」是亞城春天的
「特色」，前陣子舒服得收起冬衣，關了
暖氣。沒過幾天，可惱的四十多度又回來
了。不得不又穿起厭煩的冬衣，重開昂貴
的暖氣。昨日忽想起劃分寒暖的端午節，
急去翻萬年曆。是啊，今年的端陽，還隱
在6月7日呢。耐著吧。

晨怡

後院綠遮天
撲鼻晨氣鮮
紛紛鳥語落
橘香暢心甜

（5/10/2016）

* 進入五月，對於戶外氣溫，已不用再膽
怯，儘可開懷敞窗，迎入鮮氣。曾幾何
時，後院的林木全已高壯遮天，使後院巍
然成了天然樹屋；清晨穿梭其下，那份鮮
潔清新，難以言喻。晨餐窗畔，鮮氣、鳥
語、橘香，交織成五月清晨難忘的舒暢！

晨昏舒語

難得春暖溫晴天

鳥語清脆潤心田

歷盡嚴冬冰寒日

漫行驚見黃水仙

※　　※　　※

借得佛州七分暖

正月小春勝台灣

廊前歇坐賞落日

吹面不寒透薄衫

（2/7/2019）

* 今天不過是大年初三，春已提前降臨。多
舒暢的七十多度啊！像在寶島南方。想起
兒時隨父親從濕冷的台北南下艷陽天的高
雄過春節的感覺。只是這亞城早來的春
天，不過是曇花一現。據預報，明日將又
跌回冷鄉。

暑趣

艷日燒長夏
納涼且歇家
遮天濃蔭裡
蟲唱透窗紗

（7/12/2015）

* 多倫多城那繁茂林木深幽幽，不知篩去了
  多少炎炎夏日的燒烤。二十多年來，已習
  慣了此地的四季分明：春花似錦，秋楓如
  霞，冬日銀粧，縱在揮汗如雨的盛暑，也
  自有其可愛之處。晨風與夜涼，伴我早晚
  漫行；串串紫薇、朵朵玫瑰和成片的金針
  花，添艷了四野的濃綠。最愛那綿密不絕
  的細碎蟲鳴，總是響在耳畔，哪怕歇在家
  裡，一推窗，它就傾情而入……

月娘

團團一暈黃
幽幽現玉光
今夕是何夕？
異鄉當故鄉

（7/29/2015）

* 又將月圓時候，今晚的月兒，黃暈暈地裹
著紗，帶著泛黃的古意，又引我想起，天
上的媽媽……

月隱

濃雲帶雨遮秋月
餅圓人圓天未圓
世事焉能全順暢？
明年珍享玉嬋娟

（10/1/2015）

* 千載難逢的中秋超大圓月外加月全蝕的天
　文奇觀，竟在多日時疏時密的霪雨中，未
　得仰賞。家中倒是難得有小女兒和大兒子
　先後歸來，齊度中秋，天上不圓人間圓
　啊！與皎潔秋月，且相約明年吧？

木蘭

亭亭蔭前廊
春暮頻換裝
掃葉無窮盡
慰勞有花香

（5/29/2017）

水窪

雨後
一灘灘地
偎在路旁
亮晃晃地
真有本事
清清淺淺
就攬入了浩瀚雲天
將你騙得
恍如置身　一池藍空的
萬丈深淵

（7/9/2017）

潤秋

微微颱風天
瀟瀟雨綿綿
秋涼應不遠
動盪又一年

（10/8/2017）

* 近四周的乾旱，亞城終於受到輕度颱風
 Nate的影響，今日開始綿綿落雨。這個
 秋，災難何其多：先是美東南區遭強烈
 颱風接踵侵襲，造成德州大水患，佛州喬
 州也多區停電遭殃；又第三個強烈颱風
 Maria之徹底掃蕩波多黎各，再加上週日
 賭城之瘋狂大槍殺……天災已疲於應付，
 何堪更添人禍？上周三夜晚，有幸賞到了
 松樹梢那無比晶亮皎潔的中秋月，這鬧滾
 滾的塵世啊！如何匹配大自然那仙境般的
 美呢？

燥夏夜

燠熱難當散步難
杳無夜風渾身汗
松林高聳遮晶月
不知螢火匿何方？

（9/15/2019）

＊ 有一個多月了吧？日日艷陽高照，少有甘
霖來舒調。都近秋分了，還常高燒到華氏
90多度，甚至到了夜間，暑威仍存，嚇走
了風兒。數晚前的中秋月，也不知躲哪兒
去了？回到家中，女兒忽問：Did you see
any fireflies？是啊，怎麼忘了？夏天的晚
上，應該看到螢火蟲的，怎麼沒見半點螢
火？可憐的現代人，「進步」到不知間接
摧殘了多少蜂飛蝶舞？包括處處明滅的螢
火，再也難覓了。

獨艷

古厝屋簷下
攀生薔薇家
久凋忽醒轉
一朵小紅花

（8/19/2018）

* 家屋磚牆邊，在久已枯萎的帶刺老枝幹
  間，不知何時竄出一嫩綠小枝，枝頂還開
  出一小朵薔薇，額外醒目。這小嬌娃一逕
  紅了十來天，最近才緩緩萎落，了卻今夏
  最後一絲塵緣。

珍迎

遇難荷花再度開
香潔依舊煥風采
人間日濁蜂蝶稀
般若寂寥孤芳來

（7/10/2019）

* 上月初，前院初透花機的兩枚荷花苞無端
  被劫後，總算在最近盼到花訊。提心吊膽
  地看著她逐漸伸長玉梗，逐漸膨脹，終於
  避過干擾，今晨嫣然而開。不像過往，
  剛綻開時的黃蕊花心總有蜜蜂兒嗡嗡地
  鑽繞，這回倒是無聲無息，無蝶無蜂。這
  「佛菩薩的花兒」在翠葉田田的擁簇中，
  只孤伶伶地亭立著……

異象

罕見高溫催春發
黃紅粉艷競芳華
西山酷寒中州雨
祈願福臨百姓家

（2/22/2018）

* 寒潮二月天，忽來七十多度的高溫。晨昏
漫步，但見成群的嫩黃水仙已忙不迭展露
笑顏，引出典雅的紅茶花也不甘示弱地紅
碩枝頭。淡雅櫻花更紛綻滿樹，還有諸多
不知名的野蔓藤花也細碎艷出……為了回
應這早來的春暖，她們竟都如此匆促上
妝，趕著出來亮相，不知她們芳心，是喜
是慌？未料東岸溫暖西岸寒，落磯山區竟
來大雪，中部各州卻豪雨成災。值此又來
槍擊案的動盪末世，一日平安一日恩。

當夏日炎炎

綠窗外

那些樹呵

像中暑似的

一動也不動地僵著……

盛放的紫薇

凝著耀眼的艷紫紅

在群綠中

被夏神鎮著

如受囚的美人……

冷氣屋中

電腦幕前

已覽遍小英出訪、韓氏勝出

且抽身去巡巡前後院——

在前廊邊掃到隻熱斃的蟬

後院玻璃門外

又躺一隻熱昏的

正腹面朝天在掙扎

喚女兒出來救牠

當牠身子被翻轉

突然鳴出嘹亮的一聲「知──」

凌空而去……

感謝有樹

在夏的煎熬中

仍能早晚散步

不用成日窒在冷氣屋……

（7/15/2019）

秋息

水涼漫晨遊
秋姑初探頭
年來喬州好
寒暑淡悠悠

（8/26/2015）

* 今早啊，漫行在水意盎然的涼氣中，是炎
夏裡最暢怡的紓解。珍貴的秋，她涼輕輕
地來了。雖說此地冬來瑟縮，盛暑炎炎，
比起北方的雪患連連、西部的久旱火燒
山，此地得天獨厚的蓊鬱加磚屋，冷和
熱，還堪忍受呵！

秋臨

鮮潔涼暢漫晨光
群綠密濃漸飄黃
知了長鳴無倦意
薔薇撐艷仍紅粧

（8/25/2014）

粥趣

紅米蘿蔔素火腿
桂圓黑豆加秋葵
廣集眾料細熬煮
冬林滿窗晨風吹

（1/8/2016）

* 常在清晨，熬煮出各樣五彩素粥，外加個
  自蒸的饅頭，就是早餐。今晨，望向後院
  森森，冬林靜寂。推窗，喜迎鮮潔晨氣，
  迎面襲來。

艷思

纍纍紫紅淵源長
「紫薇花對紫薇郎」
古今中外渾一體
夏伯詩文永流芳

（7/6/2018）

* 從綠柳巷彎出來，左手邊那家沿著汽車
道，滿植了七、八棵紫薇的人家，已展
艷繽紛，一片紫紅。遙想這份細碎繁多
的燦爛，曾在一千多年前風靡唐玄宗年
間的翰林院，而有白居易那首「絲綸閣下文
章靜，鐘鼓樓中刻漏長；獨坐黃昏誰是
伴？紫薇花對紫薇郎」的佳句。她猶如牡
丹等名花，都淵遠流長，深受古今中外所
喜愛啊！我之留意到這花開三月的「百日
紅」，還是因讀到夏紹堯伯伯為文介紹。
百齡嵩壽的他雖已作古，其生平勤耕出的
上千詩文恆存。每逢紫薇盛開，常會想到
他老人家……

苦瓜

外表如此青翠怡人
卻生就如此個性剛濃
沒有獻媚討喜的甜
沒有隨順溫柔的淡
是從不妥協、會讓初嘗者皺眉的苦
倒是若混入腴膩的鶯燕群菜中
它才出落得額外引人
讓人如此深沉喜愛……

（5/11/2017）

荷緣

炎炎仲夏日
瓣瓣亮蓮姿
華韻吸洋目
欣欣捕影癡

（8/14/2016）

* 想當初書友徐蘭惠送荷，讓我養荷、賞
荷，倒沒料到連過路的洋人，也迷上了它
那嫣然盛放的采姿。今晨漫步，突有一正
在健行的洋妞喚住我："Let me show you
what I got!"她掏出手機，點出一張相片要
我瞧，天哪！是我家的荷花耶！它已上照
了。這份美得很東方的微妙香潔，也擄獲
了她的心。

蓮藕

玉色的一節節

潤浸在一小汪水中

在這無所不有的市場裡

不意　　和它重逢

欣喜地　　買它一節　回家調弄

切開　　是久違的美麗一洞洞

而刀下　　依然是它永不改變的

藕斷絲連　　藕斷絲連

猶如　　戀鄉的

綿長情牽

（5/28/2016）

薄暮小語

抬眼藍天
好大一群綿羊
在夏末的早涼

回首迎上
半輪玉白
呵，是閏六月
正憫視紅塵的
無常更迭

唯有唧唧蟲鳴
是永恆的夏語
不分日　不分夜
連綿不歇

（8/1/2017）

觀語

盛暑匿秋意
寒冬蘊春機
四季原綿密
何有切分期？

（7/21/2015）

* 夏日炎炎，在後院，已開始看到落葉片
　片，秋，倒無聲無息地隱現了。我們喜歡
　將一切分期，其實它們是交融的，各有其
　圓滑的起伏興衰，在周而復始地流現……

詩與眠

靈思湧現潤詩田
睏意襲來自成眠
萬事順其天然韻
毋庸強求樂安閒

（10/14/2015）

銀粧

寒凍一椿椿
喬州現吉祥
開春冬猶在
瑞雪迎書香

（2/24/2015）

* 數不清有幾波暴風雪，在北邊呼嘯而過。
喬州天佑，尚未那麼狼狽遭殃。早上驚見
前院覆白，幸車道光潔，不礙外出。今天
是春節過後的首次書香月聚呢！

開春

茱萸上妝黃粉揚
杜鵑添艷蜜蜂忙
零星塵惱隨它去
一份詩懷滿院香

（3/31/2019）

* 前院東南角，殘存著兩棵老松，過去的屋
主遍植了一圈杜鵑圍著。一到春天，這些
杜鵑叢就亮出了白色和粉紅交纏之美。沒
有順坦無擾的人生，這些花兒，也年年受
著蔓藤纏覆之苦。以前我幾乎年年春天為
她們除蔓。後因塵忙，隔了數年，這下，
愈發不可收拾，不少花兒都窒隱在蔓藤
中。前幾天發憤，啟用了兩種剪子，揪除
了不少，也惹得杜鵑攄搖，花魂驚動，還
招來不少嗡嗡作響的蜜蜂兒飛繞。在空氣
汙染中，好久沒見到蜜蜂了，是杜鵑這番
粉落釵搖，香息四溢，才將它們都引出
來了？

雨歇

滂沱傾瀉狂
消暑暢沖涼
雨過天青後
澄藍上紅妝

（9/11/2015）

* 進入九月夏猶在，多日來，暑意未消。昨
天下午，忽然雷聲轟亂，突降傾盆大雨，
水勢沛然急瀉；低窪處，水流如注，四野
汪濛……來得急，去得也快。黃昏閒步，
樹翠花紅，格外鮮潔嫵媚；昂首，竟覺它
將天幕也洗滌了，那藍天出落得特別清
澄，綴上朵朵紅雲，好一幅清新的黃昏
美景！

飛逝

七月呵！七月
亮著夏日風采的七月
滿載著三十一天豐盈的七月
怎麼一晃眼，如此飛快地　溜得追不回？
沒有她應有的酷熱燒烤，倒涼濕濕地走了
這二〇一四年的七月啊！再不回頭
漫漫暑假還沒放個夠
就手足無措地迎來八月
這可畏的八月啊，要開學
不得不振作起來面對
無妨，她會牽來皎潔秋月、楓紅遍野
且順她，季節更迭

（8/1/2014）

馨艷

芬香五月天
綠徑樂流連
花艷不長久
最美在眼前

（5/17/2018）

* 好個美妙的五月天！那熬個沒完沒了的寒
冬瑟縮總算遠去。水仙、茶花、杜鵑、山
茱萸等雖先後凋零，倒迎來了更為艷麗的
牡丹和薔薇，藍紫的繡球花、艷黃的百
合、碩大清香的木蘭也都爭先登場，加上
隨處曼妙披垂、濃馥撲鼻的金銀花兒，這
五月天啊，多令人沉醉！一切美得恰到好
處，且珍惜當下。

驚虹

驟雨狂傾瞬無蹤
雲開天朗麗重重
澄藍艷彩迷眼目
驀然驚見一彎虹

（3/25/2019）

* 從沒見過如此壯闊醉美的晚霞勝景！狂雨
  怒掃過的天空，清澈得可以藍出水來，再
  大幅塗抹了亮澄、酡紅、艷紫……如入仙
  境。昂首，忽見一大彎如夢似幻的彩虹展
  現！有多久了？沒見過彩虹。出門前在電
  腦上編教材時，才剛打了一句：「沒有
  雨，怎會有彩虹？」真巧啊！

黃艷

漫行迷紫薇
忽遇向日葵
高展碩圓臉
情牽梵谷淚

（7/23/2016）

* 紫薇花盛開的七月天，從綠柳巷出來，又
來到碎艷成片的一家。常記得這家老美連
著種了七、八棵紫薇，正是展艷時節，滿
地紫紅花絮。轉回綠溪徑時，冷不防被迎
面的三大朵向日葵震住！這條路，何時冒
出了向日葵呢？三面大笑臉黃澄澄地迎日
高展，那份龐大憨樸，突聯想到在梵谷筆
下的狂艷。梵谷一生窮愁潦倒，其澎拜的
藝術生命，在旅居法南的最後三年，如此
絢麗地奔放在豐富的彩作中，已凝成了永
恆。而造物之妙，無論大小，各有風華啊！

親情篇

幻

親人半作古
子女多遙居
昨夜夢歡聚
殘溫餘唏噓

（1/14/2019）

于歸

二哥么女今出嫁
黃毛丫頭成嬌娃
西式婚紗台式情
禮餅迢迢到姑家

（7/10/2015）

* 二哥的四千金一個個出嫁，如今嫁出最後
  一個寶貝女，親朋好友齊聚台北喜來登，
  好不鬧熱歡騰！在美的大哥和小弟也專程
  赴會。忠誠的小弟體念我這當姑姑的缺
  席，特地多攜一盒禮餅，橫越太平洋，再
  從佛州寄來亞城，也讓我品沾到台北的喜
  氣，多珍貴啊！

外婆

外婆，我的外婆
每次您來，總見您對我們笑呵呵
寬讓和緩的性子　從未疾言厲色
總是梳個髮髻在腦後
來去常是一身暗旗袍
用您那半裹半解放的小腳
邁著遲緩小步　微微晃搖
您那慈藹的笑容　只噘啕過一次
是您最孝順的女婿　驟然英年早逝
白髮人哀黑髮人的痛裂肺腑
不遜於我的喪父……
媽說，您出生那年
正逢時代大變遷
台灣被割讓
日軍氣焰長……
您成長在坪林尾的偏僻茶鄉
從小就得出入茶山
採茶　盤據了您的童年時光

沒得入學，也沒去沾上日本教育
您還是一味古古地
宛如典型的晚清婦女
出入子孝孫賢中
捎來一縷　滿清殘存的餘韻
恆常晃在我的腦海中……

（7/31/2018）

異鄉夜

滿窗夜籟守孤燈
思念椿萱欲斷魂
最是親恩常縈繞
蜜愁過往夜已昏

（7/27/2017）

思父

一手好字憶先父
勤奮向學樂群書
貧困出身艱創業
正直風範常懷思

（7/19/2015）

* 盛暑休閒，在房中翻出一本先父寫於1952
年的礦場測量受訓筆記，是數年前回台
時，高齡媽媽特地讓我攜來美國的珍貴遺
物。泛黃的扉頁中那端挺字跡，差點讓我
落淚。聯想起他生前工作繁忙，只能在夜
晚享受他的嗜好——提筆練字，用毛筆練
出多種字體……想自己平素寫字的潦草，
霎時滿漲羞愧。父親出身貧困，卻無比勤
奮，博覽群書，連他的嗜好，也是如此精
進啊！

秋節

三度中秋不見娘
年年月圓在異鄉
散離海外存傳統
寄語親人溫馨揚

（9/17/2015）

* 這將是第三度無法電候媽媽的中秋節，
我漸習慣了這份清冷。自從出國後，沒
享受過台灣的中秋和任何年節，只有一
次回台，沾到了端午的滋味。時代不斷地
變遷，想起過去的中秋，是媽媽領著眾家
人登上頂樓外，設下瓜果餅食，一起「拜
月」，共享天倫團圓之樂……而今天的台
北，據說慶祝中秋的節目竟是學自洋人的
烤肉，大啖腥羶之餘，去品賞月華的圓瑩
皎潔，總覺不搭調。縱然歸去，也找不到
過往了。科技日新，因我還不熱衷於去設
臉書或群組，和兄弟們像是遠隔萬里似
的。節近了，且打個電話回台北抒懷致
意吧！

思念

朵朵薔薇開
母親節又來
萱情天地久
何日不思懷？

（4/22/2015）

* 家屋車道旁的攀生薔薇又開始朵朵吐紅，
  豔飾磚牆。想起媽媽曾數次赤手空拳去為
  它們除蔓，她老人家是永遠息勞了。然慈
  恩恆存，佑我赤手空拳在多變的人生舞台
  上，繼續奮鬥前進……

連翹情

成排成片的油綠尖尖
片片是慈母的年節容顏

糯米糰揉出的紅艷艷
有慈母供佛的莊嚴
是慈母熱絡招呼的饗宴

好熟悉她手中的雕花木模
有神龜、有壽桃
側邊是環環相扣的小圈圈
翠綠的連翹片　就貼上了
木模上的紅龜油艷
翻出孩提時代最愛的甜點

雖已年代久遠
年節的慈母如在眼前

（5/16/2020）

憶童歡

手足情深七十載
共倚青山笑顏開
回思金瓜石往事
多少歡淚入心懷

（3/23/2017）

* 最近佛州弟婦從大哥的臉書上轉來一張他
回台和二哥的合照。兄弟倆雖都到了「坐
七望八」之齡，都歷盡了人世風霜，髮蒼
蒼；但他們那歡欣快樂的笑容，漾在某景
點的木階旁和不遠處的青山下，彷彿回到
了他們七十多年前在金瓜石那段同進出、
共嬉遊、齊患難、相切磋的童年時光。

惆悵

自從小弟憂鬱
再也接不到他的殷勤電話
再也聽不到他的歡欣笑語
只　無邊孤寂
侵襲異鄉的我……
當媽媽遠去，手足分離
獨我　悵望秋月
願　溫馨親情
再度洋溢
在這淒清的異地
思鄉依依……

（9/17/2019）

懸

大雨傾盆下
女兒未歸家
憂思隱隱起
恓惶望水窪

（8/19/2015）

* 連月的酷暑，偶爾有雨，也是蜻蜓點水。直到昨日黃昏，才大雨傾盆，沛然而下。偏是二女兒首次北上Dunwoody家教未歸。想起她若正好在高速公路上，可如何在滂沱中前進啊！都七點了，還沒見她的車影回來。在一貫的鎮靜中，難免有絲絲忐忑，望向窗外瀰漫的水流，不禁暗禱……盼得車庫聲響，心才擺平。原來她留下來和家長聊天，沒迎上大雨。「怎不打個電話回來？」「手機沒訊號嘛！」天！平安就好！

節杏

去年萬聖節
姊妹刻瓜忙
今年沒戲唱
長女赴異鄉

（10/21/2014）

* 去年萬聖節，過得額外多采多姿，歷歷在目，怎麼就遁去一年了呢？因有長女貞妮歸來同樂，而她又花樣多多，還慎重其事地在萬聖節前捧回兩個大南瓜，上網印出圖譜，孜孜盎然地教她妹妹又切、又掏、又刻地「出爐」了兩個不同凡響的南瓜燈。嘉麗的是一個笑歪了嘴的大圓臉，貞妮的是精雕細琢的日本卡通人物，露齒微笑的Totoro。當日黃昏，妮向我要了8個空玻璃罐，內擱點亮的蠟燭，沿著前廊下的走道兩旁排出，最前方端坐著她那熊熊燃燒的大南瓜燈，妹妹的擱在前廊內呼應，這一別樣輝煌的場面，吸引了不少洋小孩前來領糖⋯⋯今年初，外向的妮已遊去歐洲，空留喜愛寧靜的我和她妹妹，這回就沒戲唱了。

節惑

這是個不像感恩節的感恩節
窗外，仍有諸多僵掛的紅葉
乾旱，封存著枯寂的秋樹

別想雨，風兒也無
大地的景物　乾巴巴地　動也不動
沒半點兒潤澤的初冬

家中和窗外　一樣靜寂
浪居外地的子女　尚無歸意
如何去迎接
這無有節氣的感恩節？

（11/23/2016）

盼梅——試填〈天淨沙〉

灰林　冷霧　蒼茫
耶誕　小屋　餅香
子女四方流散
佳節歲寒
盼迎小梅歸鄉

（12/19/2017）

To Emily
——*After her engagement*

給梅
——在她訂婚後

Dear Emily, my youngest baby,
I had you when I was in my forty.
A quiet girl with intelligence,
Delicacy and grace
Has grown up to be a decent lady,
A hard-working campus employee
And a nice man's wife-to-be.
God bless you two
And I am so proud of you.

我的梅，我的小么女
不惑之年才生下妳
妳一向靈慧不多語
細緻柔雅如玉
轉眼已出落成優雅淑女
在大學的工作表現優異
還是一位紳士的未婚妻
願上天永遠護持妳和伴侶
我心依依

（7/11/18 by Lucy B. Wang）

（以上譯自英文）

給侄子

親愛的Oliver
今天是你
四十九歲的生日
你會惶恐嗎？
你開始怕過生日了吧？
放心，你永遠比姑姑年輕
而且年輕許多

我上完大一那年暑假
從日文補習班
趕去醫院陪伴你媽
奮鬥著你的艱辛降臨……

從小到大
你是親人口中的乖文霖
努力上進
在家中、在學校、在公司、在教會
你恆是你　　沉穩篤定……

上週，你的佛州嬸嬸傳來你們的闔家歡
你的老二，那個大男孩，已長得高壯如山
我們都被催老了一代
時光啊！時光
瞬逝如飛，永不停歇
只能偶爾去咀嚼回味⋯⋯
你的亞城姑姑　上

（7/29/2016）

送終

窗內白花窗外紅

翻騰一陣送殘冬

至難一關終得過

隨順自然寄晚風

（2/13/2017）

* 2月3日立春那天黃昏，清除後院一些落葉
堆，回到室內，發現你端坐著，已悄悄走
了，如此平靜安詳。十年照顧不尋常，是
天意？讓你解脫，讓我解放？我和女兒雖
不捨，但你多天來不吃不喝，教我們手足
無措，可如何了得？原來你是在準備著離
開這早已和它隔閡多年的世界嗎？以連綿
的佛號，我在旁虔敬送你一程。子女們都
歸來盡孝，琴聲詩韻在會場裊繞。你會微
笑，異國謀生的搏鬥，都已遠去煙消，今
後蓮花世界供逍遙。倒讓我落單，塵緣未
了。這多出的空閒，得多少詩詞去填？在
這歡愁人間。

語言文學類　PG2507　北美華文作家系列40

心窗掠影
——藍晶詩集

作　　者/藍　晶
責任編輯/林世玲
圖文排版/陳秋霞
封面設計/劉肇昇

發 行 人/宋政坤
法律顧問/毛國樑　律師
出版發行/秀威資訊科技股份有限公司
　　　　　114台北市內湖區瑞光路76巷65號1樓
　　　　　電話：+886-2-2796-3638　傳真：+886-2-2796-1377
　　　　　http://www.showwe.com.tw
劃撥帳號/19563868　戶名：秀威資訊科技股份有限公司
　　　　　讀者服務信箱：service@showwe.com.tw
展售門市/國家書店（松江門市）
　　　　　104台北市中山區松江路209號1樓
　　　　　電話：+886-2-2518-0207　傳真：+886-2-2518-0778
網路訂購/秀威網路書店：https://store.showwe.tw
　　　　　國家網路書店：https://www.govbooks.com.tw

2021年01月　BOD一版
定價：260元
版權所有　翻印必究
本書如有缺頁、破損或裝訂錯誤，請寄回更換

國家圖書館出版品預行編目

心窗掠影：藍晶詩集 / 藍晶著. -- 一版. -- 臺北市：秀威
資訊科技股份有限公司, 2021.01
　　面；　　公分. -- (語言文學類 ; PG2507)(北美華文作
家系列 ; 40)
　　BOD版
　　ISBN 978-986-326-877-2(平裝)

863.51　　　　　　　　　　　　　　109019050

讀者回函卡

感謝您購買本書，為提升服務品質，請填妥以下資料，將讀者回函卡直接寄回或傳真本公司，收到您的寶貴意見後，我們會收藏記錄及檢討，謝謝！如您需要了解本公司最新出版書目、購書優惠或企劃活動，歡迎您上網查詢或下載相關資料：http:// www.showwe.com.tw

您購買的書名：＿＿＿＿＿＿＿＿＿＿＿＿＿＿＿＿＿＿＿＿＿＿＿＿＿

出生日期：＿＿＿＿＿年＿＿＿＿＿月＿＿＿＿日

學歷：□高中 (含) 以下　　□大專　　□研究所 (含) 以上

職業：□製造業　□金融業　□資訊業　□軍警　□傳播業　□自由業
　　　□服務業　□公務員　□教職　　□學生　□家管　　□其它＿＿＿

購書地點：□網路書店　□實體書店　□書展　□郵購　□贈閱　□其他

您從何得知本書的消息？

　　□網路書店　□實體書店　□網路搜尋　□電子報　□書訊　□雜誌

　　□傳播媒體　□親友推薦　□網站推薦　□部落格　□其他＿＿＿＿＿

您對本書的評價：(請填代號　1.非常滿意　2.滿意　3.尚可　4.再改進)

　　封面設計＿＿＿　版面編排＿＿＿　內容＿＿＿　文／譯筆＿＿＿　價格＿＿＿

讀完書後您覺得：

　　□很有收穫　□有收穫　□收穫不多　□沒收穫

對我們的建議：＿＿＿＿＿＿＿＿＿＿＿＿＿＿＿＿＿＿＿＿＿＿＿＿

＿＿＿＿＿＿＿＿＿＿＿＿＿＿＿＿＿＿＿＿＿＿＿＿＿＿＿＿＿＿＿＿

＿＿＿＿＿＿＿＿＿＿＿＿＿＿＿＿＿＿＿＿＿＿＿＿＿＿＿＿＿＿＿＿

＿＿＿＿＿＿＿＿＿＿＿＿＿＿＿＿＿＿＿＿＿＿＿＿＿＿＿＿＿＿＿＿

11466
台北市內湖區瑞光路 76 巷 65 號 1 樓

秀威資訊科技股份有限公司　　　收

BOD 數位出版事業部

．．．

（請沿線對折寄回，謝謝！）

姓　　名：＿＿＿＿＿＿＿＿＿＿　　年齡：＿＿＿＿＿　　性別：□女　□男

郵遞區號：□□□□□

地　　址：＿＿＿＿＿＿＿＿＿＿＿＿＿＿＿＿＿＿＿＿＿＿＿＿＿＿＿＿

聯絡電話：(日) ＿＿＿＿＿＿＿＿＿＿＿＿　(夜) ＿＿＿＿＿＿＿＿＿＿＿＿

E - m a i l：＿＿＿＿＿＿＿＿＿＿＿＿＿＿＿＿＿＿＿＿＿＿＿＿＿＿＿＿